アガシラと黒塗りの村

小寺無人
Nakito Kodera

産業編集センター

アガシラと黒塗りの村

小寺無人

産業編集センター

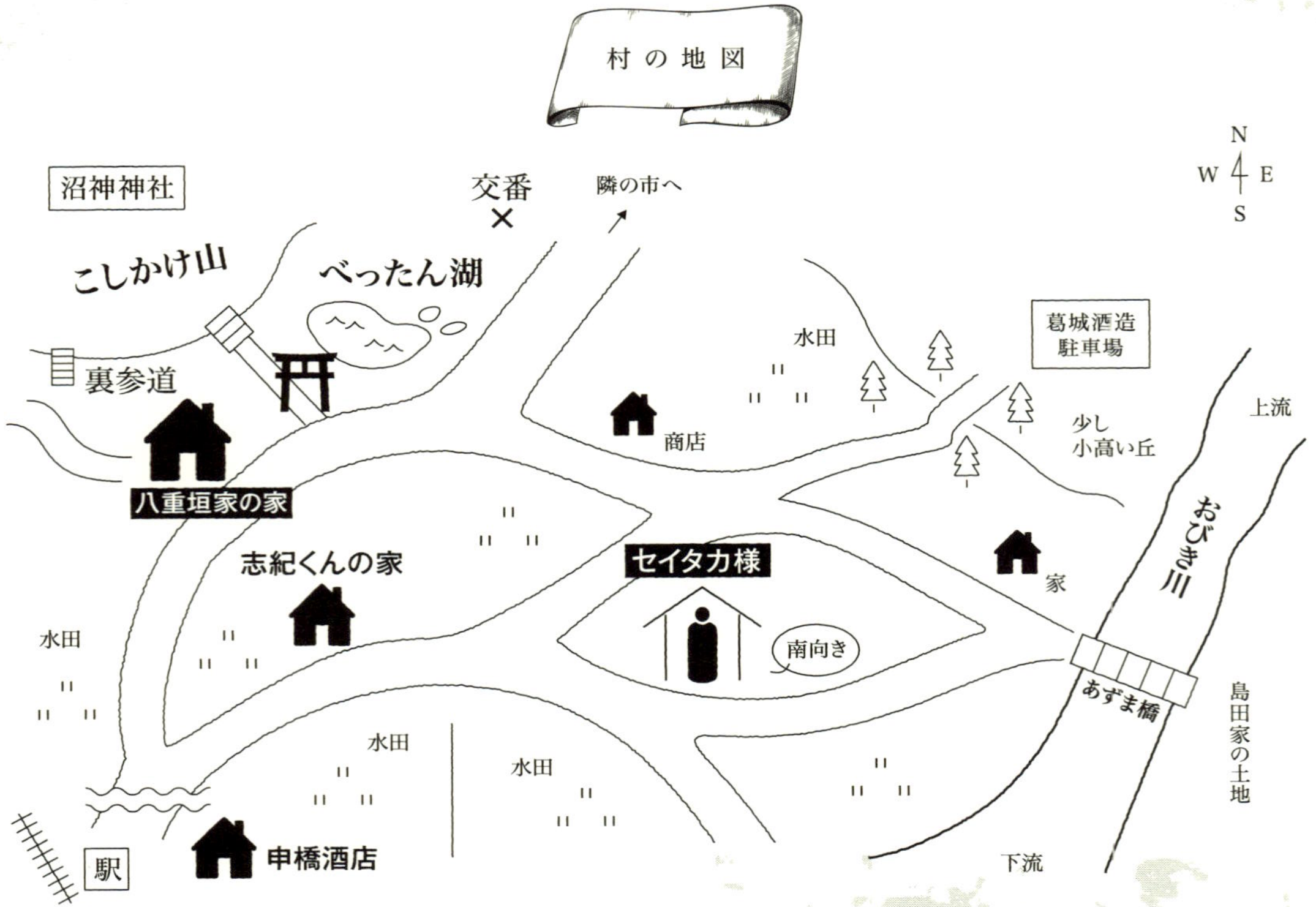
村の地図
N
W
E
S
沼神神社
交番
隣の市へ
こしかけ山
べったん湖
裏参道
水田
八重垣家の家
志紀くんの家
商店
葛城酒造
駐車場
少し
小高い丘
上流
おびき川
セイタカ様
家
南向き
あずま橋
島田家の土地
水田
水田
水田
申橋酒店
駅
下流

目次

一日目

無人駅の改札を抜けると、目の前に小さな酒屋があった。入り口には「中橋酒店」という古びた看板が掲げられている。おそらく「サルハシ」と読むのだろう。中は薄暗く、営業をしている気配は感じられない。

そこを除けば、見渡す限りに田んぼ・田んぼ・田んぼ。何と長閑《のどか》な田園風景だろう。夕暮れ時、黄金色の稲穂が初秋の風に吹かれている。——ああ、鼻がムズムズしてきた。

よいしょ、と呟きながらリュックサックを背負い直す。ずっしりと重い。

酒屋の脇の狭い駐車場に一台の軽トラックが停まっていた。その傍らに立ってセクモクと煙を吐き出している長髪の男性が一人。駅から出てきた僕の方を見て、煙草をくわえたまま「よお黒木《くろき》」と片手をあげる。懐かしい顔だ。

「よく来てくれた。久しぶりだな」

「お迎えありがとう。助かるよ」

「なんだ、そのリュック。大荷物じゃないか」

「色々と必要なんだよ」僕は彼の手の中の煙草を見やる。「相変わらずヘビィ・スモーカーなの？」

「こんな俺でも、一日一本までと心に決めているんだ」煙草の男――水森志紀《みずもりしき》はそう言って口角を釣り上げた。「守っているかどうかは別問題だが」

「水森君はちっとも変わらないね。いいことだと思う」そして少しだけ安心する。「でも悪いけど火を消してくれないかな。苦手なんだ、煙草のニオイ」

おっとスマン、水森は携帯灰皿で煙草をもみ消した。浮ついたところのある人間だが、学生時代から人の嫌がることは決してしない律儀さも持っていた。と、僕は懐かしく、好ましく思った。

「黒木のあけすけな物言いも相変わらずだな」

僕は窓の開いた軽トラの中を覗き込みながら、

「車の中まで煙臭かったら嫌だなぁ」

とぼやく。

「安心してくれよ。ウチの嫁さんが厳しくてな」水森は三年ほど前に結婚したと聞いている。「もし車内で吸ってるなんてことがバレたらどんな目に遭わされるか分かったもんじゃねえんだよ」

「ヘエ、そりゃ大いに助かるね。で、バレたことは？」

「いい消臭剤を使っているんだ」

「そりゃよかった」

僕らは軽口をたたき合いながら、軽トラックに乗り込んだ。

※

「べったん湖？」

「そう、べったん湖だ」

運転席でハンドルをさばきながら水森は言う。

「なんだか可愛い名前の湖だね」

「本当の名前は知らんよ。足跡みたいな形をしているからみんなが『べったん湖』って勝手に呼んでいるだけ。実際は小さなため池さ」

窓から入ってくる風が心地よい。東京では感じられない風だな——僕は話を聞きながら考えていた。懐かしい田舎の匂い。これでイネの花粉さえ飛んでいなければ最高のドライブ気分が味わえたのかもしれない。

「フム……それで、そのべったん湖がどうしたの？」

「――先月の台風を覚えているか」

僕は記憶の糸をたどる。

「ああ……うん、こっちの方はヒドい被害が出たってニュースで見た気がする」

「それだ」

「水森君の家は大丈夫だったの？」

「まあ、ぼちぼちといったところさ。家にも田んぼにも軽い被害は出たけど、それでも市街地ほどの大きな被害は出ていない。それに家族もみんな無事だ」

僕は胸を撫でおろす。テレビのニュースでは川が氾濫して床上浸水した民家の映像や、急流に流される車や建物の映像が数日の間流れていたように思う。行方不明や死者も出たとかなんとか。

「でもな、嫁さんの実家の方が大変でな」

「水森君の奥さんはこっちの人だっけ」

水森は苦笑する。

「そういうことだ。しかもこの村では有数の名家なんだぜ」

「へえ、いいな、ギャクタマだね。逆玉の輿」

「アハハハッ――否定はできないわ」片手で頭を掻きながら、「俺の義父、つまり嫁さんの親父さんはけっこうな土地持ちでな。俺も詳しくは知らんが、村以外にも所有地がたんまりとあるらしい。このあたりの田んぼも、全部親父さんの土地らしいんだ」

僕は目を丸くして窓の外を見回した。

「こ、このあたり全部……？」

「そうさ。だから実質、俺は金持ちの家のムコ殿、ってことになるな」

婿入りした水森の今の名字は『八重垣《やえがき》』というらしい。

「よく反対されなかったね」

僕の知る限り、水森という男ほど『田舎』と『農家』が似合わない人間はいない。一言で言うと――雰囲気がチャラいのだ。ロン毛で茶髪。服装もだらしなくて無精ひげ。首から下げたシルバーのアクセサリー。

「俺も全くの同感だ」

「奥さんとはどこで？」

「東京に住んでいた頃にさ」僕が水森と知り合ったのも東京の大学だった。「俺が建築会社に就職した二年目に、パート事務として入ってきたのが嫁だった」

「なるほど。つまり職場恋愛だね」

そういう恋愛の形があることは知っていた。しかし僕の場合、全く縁のない環境にいるのである。憧れはあるが、あきらめの境地である。羨ましい、とも思わない。

水森の話では、職場の飲み会で彼女に話しかけて意気投合し、一緒に遊び歩いているうちに付き合うようになり、プロポーズも水森の方からしたということだった。

それであれよあれよという間に婿養子に、ということらしい。

「どういうわけか彼女の親父さんに気に入られちゃってさ」

「水森君、年長者からやたら可愛がられるタイプだったもんね」

もっと言うならば、この男は老若男女問わず誰からも好かれやすい。要は人たらしなのだ。友人に限らず、大学の教授や購買のおばちゃんにも顔が利く。もちろん、みんなに好かれるということは、同時に妬まれる対象にもなりやすいということだが。

とにもかくにも僕のような根暗な古文書オタクとも『友達関係』を築けるのである。相当なコミュニケーション強者なのだ。

「で、べったん湖なんだが……」ようやく話が戻ってきた。「その台風の影響で、嫁さんの実家の近くで大規模な土砂崩れが起こった。幸い屋敷自体は無事だったんだが、崩れた裏山の土砂がそのべったん湖に流れ込んじまってさ」

「埋まっちゃったの？」

「あ、いや。完全には埋まったわけじゃないんだが……自治会と地元の有志で土砂の片付けをしている最中、とんでもないものが見つかったんだ」

「とんでもないもの？」

「白骨死体」

信号のない畦道《あぜみち》を軽トラックはゆっくり進む。いつの間にか日は落ちて辺りは静かに夜を迎えていた。西の空に残った微かなオレンジ色がゆっくりと闇に飲み込まれていく。

「お前、全然驚かねえのな」水森は拍子抜けしたように言った。「白骨死体だぜ？　せっかく怖がらせようと思って話したのによお」

「面目ない。一応驚いているつもりなんだけど……」

「そういえば黒木は学生時代から感情が読み取れないタイプだったな」

妙に嬉しそうに水森は言う。僕は首を傾《かし》げる。

「――でも僕は古文書オタクであって、白骨死体フリークではないよ。何で呼ばれたの？」

「ああ、そうだよな。白骨死体はなんというか――おまけみたいなもんだ」

「おまけ扱いされたら死体が可哀想だよ」

アハハハッ、と水森は笑う。

「やっぱ面白えな。どういう人生歩んだらそんな発想になるんだよ」そう言って彼は僕の方を横目で見た。「お前に、見てほしいものがあるんだ」

「白骨死体は嫌だよ」

「家系図だよ」

「家系図！」

僕は俄然興味がわいた。

「厳密にいえば、八重垣家の系譜をまとめた書物らしいんだが」

「どこで見つかったの？」

「裏山に鎮座していた古い神社の物置小屋さ」

台風による土砂崩れの影響で、その神社も被害に遭った。地元の青年会がべったん湖の土砂の運び出し作業を行っている最中に、ぐちゃぐちゃになった物置小屋の瓦礫の中から見つけたらしい。

「そういう話なら大歓迎だよ」

「お前にとっては白骨よりも古文書ってわけか」

「専門分野だから」

「黒木は昔から『フルイモノ』が好きだったもんな」

「水森君は新しいものが好きだったよね」

ファッションも女性も――という言葉はかろうじて飲みこむ。

水森は苦笑した。

「でもな、せっかく見つかった貴重な史料――なんだが、大きな問題があってな」

「大きな問題」

「そう。ただでさえ土砂で汚れている上に、ソレをまともに読める人間がこの村にいなかったんだ」

なるほど――腑に落ちた。それで僕が呼ばれたというわけだ。

「本当はその筋の専門家に頼むのがいいとは思うんだが、物置小屋に無造作に置かれていたシロモノだ。どのくらいの価値があるのか見当もつかない。ひょっとしたら他愛のない落書き程度の可能性だってある」

「落書きでも重要な史料だよ」僕は思わず力説する。「例えば江戸時代の旅日記なんかが見つかると、そこから当時の旅に必要だったモノや、旅行にかかる費用、古い土地の呼び方や地形まで分かることがある。たかが落書きと切り捨てるわけには――」

水森は苦笑する。

「分かった。分かったよ。だからとにかく黒木にはその古文書を読んでもらって、歴史的に価値の高いものか否かをジャッジしてもらいたい、と、こういうわけなんだ」

「なるほど。なるほど」

おおよその話は飲み込めた。『お前に頼みたいことがあるから来てくれ』と雑な依頼にノコノコと乗って来てみたのだが、そういうことなら来てよかった。早く手に取って読んでみたい――僕の胸は一気に高鳴った。

水森は横目で僕を見て苦笑する。

「さっきまでと顔つきが全然違うな」

※

駅から車で数十分。目的地である水森の邸宅に到着した。

「イメージと違う」肩透かしを食らった気分だった。「もっと古めかしいお屋敷を想像してた。思ったよりも近代的だね」

水森宅は田舎の風景に全く溶け込まない、近代的で小綺麗な一軒家だった。全体として四角い。凹凸のない、新築のアパートのような外観をしている。

「もともと八重垣家の土地だったところに去年建てた新築だからな。俺は都会暮らしが長いし、嫁さんも東京が好きだったから、二人で相談してこういうデザインになった。設計から全部関わったんだぜ」

「背景とのミスマッチ感がえげつないね」

「な、異空間な感じだろ？」

狙ったんだよ——と楽しげに言った。何を狙ったのかはよく分からない。

表札には『八重垣』と書かれている。つい昔の癖で『水森』と呼んでしまうが、八重垣家に婿養子に来ているため、現在の名前は『八重垣志紀』のはずだ。

「八重垣君って呼ぶべき？」

「ああ……ううん。いいんじゃねえか、水森のままで」

「ありがたい」

今更ファーストネームで呼ぶのも違和感を通り越して羞恥の域である。

駐車場から玄関に向かうと、インターフォンを鳴らす前に扉が開いた。中からエプロンを着けた若い女性が顔を出す。

「いらっしゃい。こんにちは。君が黒木君？」

少々動揺していると、隣から「俺の嫁」と水森が耳打ちしてきてようやく理解できた。出迎えてくれた女性が水森の配偶者らしい。

「初めまして。黒木鉄生《てつお》です。水も——志紀君の学生時代からの知り合いです」

やはり下の名前で呼ぶのはなんともむずがゆかった。

「八重垣千絵《ちえ》です。志紀君がいつもお世話になっています」

旧家の娘、と聞いて身構えていた僕は、自分の先入観を恥じた。千絵は、垢ぬけた印象の都会的な女性だった。小柄でくりくりとした丸い目。話し方もどちらかと言えばラフでフレンドリィ。

そして茶髪。水森とお揃いの色だ。

まあとにかくあがれよ、という水森に促されて建物の中に入ると、玄関内には珍しいものが待ち構えていた。

「おお、すごい」僕は思わず息を呑んだ。「ヒスイの原石ですか、これは」

シューズボックスの上に握りこぶし三つ分くらいの緑色の石が置かれている。

「さすが黒木ハカセ、よく見ただけで分かるねえ」ハカセというのは僕の中学時代のあだ名である。「これはね、八重垣一族の玄関先に置かれているものなの。親戚や分家筋の家にも必ずあるんだよ」

「生まれが新潟の方なんです。祖父によく糸魚川《いといがわ》に連れてってもらっていたので、大きいヒスイの原石も何度か目にしたことがありまして」

「あ、フォッサマグナね！」

千絵は活き活きと頷いた。水森は訳が分からないというような顔をしている。

「ホッサ――なんだって？」

「フォッサマグナだよ水森君。東日本と西日本との境目にある中央地溝帯のことで――」

「ちょ、ちょっと待て。待ってくれ。スマン、そういう難しい話は俺の居ないところでしてくれッ」

「ああ、ごめん」水森はこういう小難しい話が苦手なのだ。「それじゃあ遠慮なく上がらせてもらうよ」

お邪魔します、と呟いて靴を脱ぐ。

外観と同様、内装も非常にシンプルで近代的だった。時折木目の家具が置かれている以外は白と黒を基調としたシックなインテリアが多い。

リヴィング・ルームに通された僕は、大きめのソファに座るように促され、テーブルを挟んで向かいの椅子に水森が腰かけた。

千絵がお茶を出してくれたので、それに一口つける。

「美味しいです。ほんのり甘い気がします」

「よかったわ。八女茶《やめちゃ》を取り寄せてみたの」

僕はほっと一息つくと改めて室内を見回した。

「いい家だね」

「ありがとう。そうだろ」と、水森。「こっちに移り住むことに決まってから、レイアウトから何から自分たちで相談して決めていったんだ」

「なるほど。どうりで現代的だ」

「そのソファも高かったんだぜ」

「うん、高そうだと思った」

「黒木君、夕食まだよね」千絵が奥のダイニングから声をかけてきた。「ウチもこれからなの。ね、食べるでしょ？」

よく考えたら朝に流し込んだゼリー飲料以降何も口にしていない。

「ご相伴にあずかります」

「そんなに堅苦しくしなくていいよ！」

堅苦しかっただろうか。僕は少し考えて言い直した。

「ごちそうになります」

「はーい」

彼女はキッチンに向かった。

「なんだか、水森君の奥さん、って感じだね」

「どういう意味だ？」

「似たもの夫婦？　この旦那にしてこの奥さんあり？」

そうかあ？　と首を傾げる水森もまんざらでもなさそうだ。

「婿入りってことは、水森君が八重垣さんの土地を引き継ぐの？」

「たぶんそうなるんじゃないか。よく分からない。親父さんはめちゃくちゃ元気な人だから、しばらく先のことにはなると思うが」

軽トラで走行中に見えた、見渡す限りの田園風景。そのほとんどがこの八重垣の家のものだという。莫大な財産である。こういう家を豪農、というのだろうか。それをこの長髪のチャラ男が相続するというのだから、なんとも言えない話である。ご先祖様たちは苦虫を噛み潰したような面持ちで下界を見下ろしていることであろう。

などと僕が思っても詮無いことだけども。

千絵が夕食の支度をする間、僕らは学生時代の思い出話に花を咲かせた。

根暗な古文書オタクの僕にとって、同じ国文学のゼミで知り合った水森は、唯一と言ってもいい友人と呼べる人間であった。国文学ゼミ、と言っても、真面目に国文学に取り組んでいる学生は少なく、特に何かをしたいわけでもない向上心のあまりない人間たちが、何となく「楽そう」という理由で選ぶようなゼミである。

僕にとって、ゼミ生たちとの交流は何一つ楽しいとは思えず、ただひたすら好きだった古典文学を読み漁っていた。目的意識のない大学生たちの目にはさぞ奇異に映ったであろう僕だったが、そんな僕に並々ならぬ興味関心を持って近づいてきたのが、水森志紀であった。曰く、熱心に『伊勢物語』を読み耽る僕の姿を見て、『何がそんなに面白いのだろう』と疑問に思ったのがきっかけだったようである。

正直その時の僕は、『変なのに絡まれてしまった』くらいにしか捉えていなかったように思う。しかし水森は興味深そうに僕の話に耳を傾けてくれた。

その後、たびたび僕らは会話をするようになる。もちろん、水森には僕以外にも親しく付き合う学生もたくさんいたようだが、予定が特に決まっていないときはいつも夕食に誘ってくれた。一人暮らしで、ましてガール・フレンドなどいたこともない僕には断る理由はなく、そうこうしている間にお互いの身の上や、過去のことなども話すようになっていった。

今思えば、水森と僕の組み合わせは、相当奇異なものとして周囲の目に映っていたに違いない。古文書オタクとロン毛のチャラ男。

「あれは覚えてるぞ、えっと、あの――そう、『東下り《あずまくだ》』！」

「それは高校の教科書にも載ってるやつだよ」

「俺の学校の教科書には載ってなかった」

「本当かなあ」

などと他愛ない話をしていたら、リヴィング・ルームの窓際に置かれた電話機が鳴りだした。千絵が「私手が離せなーい」と声を投げてきたので、水森はひょいと立ち上がり受話器を取った。

「もしもし」

僕は壁に掛けられた電波時計を見た。ちょうど夜七時くらい。時間を忘れて話し込んでしまったようだ。もうここにお邪魔して一時間は経過している。

久しぶりに家庭用の電話機を見た気がして、新潟の実家にいた頃を思い出した。あの頃はまだ一部の山奥は電波が届かず、携帯電話のほうが無用の長物だった。祖父と一緒に暮らした家には黒電話。もう絶滅危惧種だろうな。時代は変わった。感慨深い。

「——は？」俄《にわ》かに水森の声色が変わった。「どうしてそんな、マジかよ——」

表情から明らかな動揺が見て取れる。傍《はた》からでも顔が青ざめていくのが分かる。何やらただならぬことが起きているようだった。

千絵もそんな気配を察してか、キッチンから戻ってきた。

「何かあったの、黒木君」

「さあ……分かりません」

「うん——うん、そうか、とにかく分かった。十五分で行く。駐在さんには？ ——ありがとう。村のみんなにも協力を頼もう。うん、うん……それじゃ」

水森は受話器を置いた。

「ただならぬ様子だったね」

「何かあったの？」

僕と千絵が矢継ぎ早に尋ねると、水森は血の気を失った顔で呟いた。

「セイタカ様の足元で、光男《みつお》君の死体が見つかったらしい」

※

セイタカ様って？

再び軽トラに乗り込んだ僕は、運転席の水森に尋ねた。

「村の真ん中にあるでっかいお地蔵さんだよ」

「でっかい地蔵――？」

「測ったわけじゃないが」水森はエンジンをかけながら言う。「二メートル以上はあると思う」

「へえ、そりゃでかい」

「俺よりも千絵の方が詳しいと思うぞ」水森が片手で長い髪をかき上げる。「それよりも到着早々すまんな、しかもついて来てもらって」

「邪魔しないように気を付けるよ」

車は先ほどよりもスピードを出して田舎の畦道を走り始めた。すっかり暗くなったが、周囲にはぽつぽつ灯りが点いている。水森の話だと、このあたりの家はほとんどが八重垣家の親戚筋か、関係者の住居なのだという。

「光男さんっていうのは知り合いなの？」

「知り合い……」水森はわずかに顔をしかめる。「まあ、この辺りには知らない人間はいないだろうな。有名人だよ」

「有名人」

「市議会議員の息子さ」

「え。ここ『市』だったの？　村じゃなくて？」

気になるの、そこかあ？　水森は呆れたような顔でぼやいた。

「それに、地味に失礼な質問だな。——平成の大合併って覚えているだろ？　あの流れで——この集落の住民も反対したんだが——半ば強引に大きなショッピングモールがある隣の市に吸収合併されたんだよ」

俺は知ったこっちゃねえが、と水森は付け加えた。

「ああ。勿体《もったい》ないなあ」

「勿体ない？」

「地名が一つ消滅したってことでしょ？」

水森は首を傾げて「さっぱり分からん」と呟いた。「まあ『市』になっても、今でもみんな『村』って呼んでるけどな」

一度慣れ親しんだ地名とは、そう簡単に離れられないもんだろ、と水森は言った。そういうものかもしれない。

「その議員さんの息子が、なぜ？　交通事故か何か？」

「ウーン……」水森は言葉を濁す。「それがどうやら、殺されているようなんだ」

「え？」

「——厄介なことになりそうだぜ、まったく」

この辺りの土地は、ほとんど八重垣家が管理しているものだが、東の川を越えた地域の土地は、島田《しまだ》という別の旧家が所有しているらしい。その島田の次男坊が、島田光男である。

八重垣の者と島田の者は昔から犬猿の仲でな——水森はさらに説明してくれた。

「それこそ明治大正っていう時代から小競り合いは絶えなかったって話だ。土地の有力者である八重垣家は、この辺りでもかなり影響力の大きい家なわけだが、島田家はそれがどうも面白くないらしい。いろいろとあったらしいぜ」

「いろいろ」

「何があったとか、細かいことは何も知らん。島田が雇った暴漢が、八重垣本家の屋敷に乗り込んできて、当時の当主をぶっ殺そうとしたとか言ってたな」

「それはおだやかじゃなさすぎるね」

「その時の経験から、屋敷内のあちこちに隠し部屋やら隠し通路やら作った、って話もある。確かにその名残はあちこちにあるけど、今は普通の物置に使われてるな」

「そうなんだ。楽しそうなお屋敷だね」

「ウーン、俺には興味がない話なんだけど」

おそらく関わりたくない、の間違いだと思う。

「でも水森君がこの土地を相続するのなら、大いに関係があるんじゃないの？」

「――そういうことは考えるのも面倒だよ」

彼は昔からそういう性格だった。

川を挟んで睨み合う二つの家。よくある昔話みたいだ、と僕は思う。

そして、島田光男である。

「親父さんの代でそういったトラブルは下火になっていたんだが、この光男っていうのが厄介な男でな」

「うんうん」

「――いや、このあたりは込み入った話になるからやめておこう」

死人の悪口はあまり言いたくないのかもしれない。そういうことなら、と僕も黙っていることにした。

車で十分ほどで「セイタカ様」のある交差点に到着した。

交差する畦道の傍らに、背の高い屋根付きの囲いがあった。その中央に佇んでいるのがセイタカ様と呼ばれるお地蔵様なのだそうだ。

地蔵といえば、日本においては道祖神《どうそじん》の性格を持つ路傍《ろぼう》の神として有名だが、村落などで見かける地蔵菩薩《ぼさつ》像は、幼い子供ほどの背丈のものが多い。しかし、このセイタカ様と呼ばれる地蔵は、確かに二メートルは優に超えているように見える。三メートルはいかないまでも、二メートル五十センチはあるのではないか。

車を停めて降りると、セイタカ様の方から懐中電灯を持った小柄な初老の男が「おーい！」と手を振って走り寄ってくる。すでにセイタカ様の周囲には何人か人が集まっているのが見えた。

「おお、志紀君、早かったな」初老の男が言う。「まさか、まさかこんなとんでもねえことになるなんて……」

「電話ありがとう、タケジさん。今日はもう家にいたんで。――本当に死んでいるんですか？」

「ああ、こっちだ、来てみてくれ」

近くで見るセイタカ様は想像以上に大きい。

その周りを取り囲むように組まれた木の柵が設置されている。

その内側に、ソレは転がっていた。

「ケンちゃんが寄合《よりあい》の帰りに見つけたんだとよ」タケジと呼ばれた初老の男が、隣の若い男を指さす。「駐在さんにはさっき電話で伝えた。じきに来るはずだ」

ケンちゃんと呼ばれた童顔の青年は小さく震えながら、「えらいこっちゃ、えらいこっちゃで……」と呟いている。初めて直面する事態にどうしたらいいのか分からない様子だ。

セイタカ様の後ろに、中肉中背の男が、こちら側に背を向け、横向きに倒れている。

白いワイシャツが微かに泥と『赤い何か』で汚れているのが薄暗い中でも分かった。

「黒木はそこにいてくれ」

そう言って水森はスマホのライトを点けてセイタカ様に近づいて行った。

「おい、おい。光男君か」

姿勢を低くして声を掛けるが全く反応がない。

「光男君、しっかりし――」

水森は言葉の続きを失った。その顔色は暗がりでも分かるほど蒼白そのものだった。

一目で、もう手遅れだと悟るに足る『何か』を見つけたようだ。彼はゆっくりとソレから離れると、その場で静かに深呼吸をした。

「タケジさん、島田さんの家に電話は？」

「まだしてねえ」

「至急してくれ。ケンちゃん、見つけた時からこの状態か？」

「ああ、見つけた時にはもう死んどった。動かしてねぇし、誰も触ってねえ」

水森は何やら考えている様子だった。

「水森君」僕は声を掛ける。「やっぱり、その、死んでいるの？」

「よく見たわけじゃないが――間違いない。心臓を、包丁みたいなもので、こう、やられてた――」

「心臓」僕は息を呑む。「殺人事件」

その場にいた人間が一斉に僕を見た。

「おい、おめえ何者だ！」

「見ねえ顔だな、志紀君の知り合いか？」

「よそ者が適当なこと言わんでくれ！」

「あ、いや」一同ににじり寄られて僕は後退《あとじさ》りする。「す、すいません」

「いやいや、みんなすまん。こいつは俺の親友の黒木。東京の大学で働いている。決して悪い奴じゃない。思ったことがすぐ口に出ちまうだけなんだ」

フォローのようでフォローになっていなかった。が、水森の『親友』というワードの効果は絶大で、みんな「まあそういうことなら」と攻撃的な姿勢を一気に解除してくれた。微かに漂っていた緊張感も和らいだ気がする。

地主パワーってすごい。――いや、それほど水森志紀という男が信用されているということなのかもしれない。相変わらずの人たらしってことか。

「駐在さん、こっち、こっちです！」

ほどなくして、白髪頭の小太りの男に先導された警官らしき人物が自転車に乗って到着した。キイ、とサビたブレーキ音がして停まる。

「ひええ、こりゃあ、ししし、死体じゃねえんかあ」

現れた二十代くらいの若い警官――おそらく彼がこの地区の駐在さんなのだろう――は、倒れている光男の姿を見て腰を抜かしてしまった。

「だからアンタを呼んだんじゃないか。しっかりしてくれ！」

タケジさんに叱責されて警官は恐る恐る死体の胸のあたりを覗き込む。

「だ、誰かコイツに触れた人は？」

「いねえよ。ワシもケンちゃんも――」タケジが言う。「もちろん志紀君も、触ってねえぞ」

「そ、それは賢明な判断じゃ……今すぐ所轄の刑事を呼ばんとなんねえ。誰か、ケイサツに電話はしたんか」

「したからアンタが来たんだろうが」

「――オオ、そりゃ、そうだな」

なんとも頼りなさそうな警官が来てしまった――と思ったが、その後の彼はテキパキと仕事をこなして、携帯電話で誰かに電話をかけ始めた。先ほどまでの情けない印象が上書きされる。第一印象よりは頼りになるのかもしれない。

「た、倒れているのは島田光男さん、隣の集落の島田敏男《としお》さんの息子さんじゃ。――顔見知りだ、間違いねえ」

警官がわずかに震える声で電話をかけている。

田舎の農村ではめったに起きない大事件だろう。動揺しているように見えた。

「ああ、大丈夫、今はみんなで現場を――」

ふと、ちらりとこちらを見た。と思うとハッと息を呑んだ――ように見えた。上から下まで嘗め回すように見られたかと思うと、僕の目をじっと見つめてくる。

彼の口が何かを呟いたように見えた。見慣れないよその人間がいて不審に思われたのだろうか――と一瞬身構えた。リュックサックのショルダーストラップを思わず握りしめた手に汗がにじむ。が、今はそれどころではないのだろう、話しかけられることはなかった。若い警官は、すぐに自分の仕事に戻って行く。僕はほっと胸を撫でおろした。

水森やタケジさんたちも手分けして数件電話を掛け、電話を終えるとどこからか持ってきた古びた三角コーンを周囲に並べ始めた。え。こんなこともするの？　――僕が呆気に取られていると、警官と一緒に現れた小太りの男がこちらの姿を認めると小走りで近寄ってきた。

「もしかしてあなたが黒木さんですか？」

「え、あ、ハイ」突然名前を呼ばれて思わず声が裏返る。「おっしゃる通り、僕が黒木です。あの、えっと、あなたは――？」

「私は八重垣さん家《ち》に雇われてシュジーをしております、小杉《こすぎ》、と申します」

「しゅじー？」

「主・治・医、でございます」

僕はようやく言葉の意味を理解した。主治医か――てっきり豪農一族には僕の知らない未知の用語が存在するのかと思った。

「今日あたりに志紀君の友達が村に来るとは聞いていましたが――まさかこんな現場にいらっしゃっていたとは」

「俺が連れてきたんだ」水森が戻ってくる。「ここに来れば小杉さんにも会えると思ったのと――」

どうやら僕が来ることは事前に知らせてあったようだ。

「僕がセイタカ様に興味があってついてきたんです」

小杉は目を丸くする。

「へえ、いやあ、こりゃまたけったいな」

「コイツ、フルイモノとかボロいものが好きらしいんで」

「歴史的なもの、とか、伝統のあるもの、って言ってくれないかな」

悪い悪い、と水森は悪びれた様子もなく言う。

「とにかくこんなことになってしまって――黒木さんも運が悪い。明日、日を改めてゆっくり話をしましょう」

僕は戸惑って水森を見た。ゆっくり話とは一体。

「まだ言ってなかったか。小杉さんは、例の家系図が見つかった神社の宮司《ぐうじ》さんも兼業しているんだよ。だから、今回の『解読』の依頼人というわけだ」

「なるほど。それで――」

光男ッ！　という大声が聞こえて僕らは会話をやめた。黒のクラウンを降りて駆けてくるスーツ姿の男。銀縁の眼鏡にカッチリと整えられた髪型は、如何《いか》にも政治家という出《い》で立ちである。

男はまっすぐ僕らの傍らをすり抜け、セイタカ様の方向に転がるように走って行く。

「光男。光男……」

その声は悲痛そのものだ。その場に膝から崩れ落ち、光男の亡骸に縋りつくようにうずくまった。警官が男の近くで何やら声を掛けている。

「あの人は？」

僕は尋ねる。

「島田敏男さん。光男君の親父さんだ」

ああ、川の東の――と納得した。

「可哀そうにねえ。光男君、まだ若かったのに。どうしてこんな――」

ひどい目に。小杉はおそらくそう言いかけて俯《うつむ》いた。

遠くから、サイレンの音が聞こえる。

※

水森の家に帰るころにはもう夜も更け、夜中と呼んでもいい時間になっていた。千絵の作ってくれたコロッケはすっかり冷たくなっていたが、温め直してもらった。非常に美味だった。

水森は電話で義父——つまり八重垣家の当主である八重垣栄蔵《えいぞう》と話しているようだ。村で殺人事件があったのだ。今後の対応を相談しているのだろう、と僕は思った。

殺人事件——いまいち実感の湧かない言葉である。

しかし、島田光男は左胸部分に包丁のようなものを突き立てられていたのだ。自分の胸を包丁で刺せるような強靭な精神力と腕力を持った人間はいないのではないだろうか。ましてや場所は屋外だ。事故などであろうはずがなかった。

もしその心臓の刃物が死の理由であるならば——それは殺人事件であることを意味する。

水森は電話を終えて戻ってきたが、普段は饒舌な彼も流石に疲れたのか、必要以上のことは喋らなかった。

「明日九時に本家に行くからよろしくな」

とだけ言い残して自室に戻ってしまった。リヴィング・ルームに僕と千絵だけが残された。

「黒木君ごめんね」千絵が言う。「せっかく遠くまで来てくれたのに、こんなことになっちゃってさ」

「いえ。仕方ないです。千絵さんが謝ることじゃないです」

実際僕は、死体を見たことで大きく動揺をしたわけではなかった。自分でも驚くほどに冷静だ。何しろ島田光男は僕の全く知らない人間だ。もちろん、死体を見た時は少々ショックだったが。

「不謹慎な話なのですが、おかげでセイタカ様を近くで拝むことができました。想像よりも大きいですね、アレ」

「私にしてみたら生まれた時から近くにあったからね。むしろ長身のお地蔵さん、村の外では全く見ないことにびっくりしたくらい」

千絵は少し愉快そうに笑った。

なるほど、普段僕らが見かける地蔵尊は、どんなに大きくてもせいぜい一メートルほどだ。セイタカ様は、仏像ではないわけだし、路傍のお地蔵様としては破格の大きさであろう。

「なんであんなに大きいんでしょうか」

「んー」千絵は少し目線を上にあげた。「私がおばあちゃんに聞いた話だとね、洪水が関係あるみたいなの」

「洪水ですか」

「この村の東の方に川があるのは知ってる？」

「島田さんの土地との間の川ですね」

「そう、それ。この村の人は『おびき川』って呼ぶんだけど」おびきよせる、のおびきだろうか。「その川はね、雨期になるとすぐに氾濫を起こす暴れ川だったらしいの。今は治水工事で抑えられているんだけど、明治時代まではたびたび洪水を起こして大きな被害が出ていたみたいよ」

「農民たちにとって川の氾濫は生死にかかわりますよね」

「そういうこと。この辺りは田園地帯だからさ、大きな洪水のせいで作物がダメになる、なんてことは絶対避けたいじゃない？　で、室町時代にそんな洪水を仏さまの力で抑え込もう！　っていう発想から造られたのがセイタカ様だったみたい」

「なるほど」

「身長が高いのは、洪水が起きても水に沈まずに、かつみんなから見えるように。確かにあれだけ大きければちょっとやそっとの大水では見失わなさそうだよねえ」

「ん？」

僕は首をひねった。

何かが引っ掛かる。気がする。その引っ掛かりの正体は分からない。でも確かに違和感がある。

なんだろう。

「あら黒木君、何か気付いたの？」

「いえ、何がよく分からないのかがよく分からなくて」

「はあ？」

千絵が間の抜けたような声で半笑いのような表情になる。

「あの、何かが分かった気がするのですが、何が分かったのかも分からない、という感じです」

「どういうこと」

千絵は愉快そうに手を叩いた。

「まあいいわ。もし何か思いついたら教えてね。黒木君の発想は面白い、って志紀君も言ってたから」

「水森君が？」

「ええ。彼、東京にいるときもよく黒木君のこと話していたのよ」それは初耳である。「久しぶりに会えるのを楽しみにしていたんだから」

不思議なものだ。僕自身、今日水森に会えることに胸を躍らせていたのである。学生時代、僕は幾度となく彼の社交力に助けられた。社会人となって人間関係がうまくいかなかったときも、幾度となく彼のことを思い出していた。

こんな時、水森がいてくれたらな、と。

「志紀君がよくしてくれた話の中にね」千絵は言う。「黒木君と行ったゼミ合宿の話があるのよ」

「ゼミ合宿」

懐かしい響きだ。

「ゼミのみんなで京都に行って、宿泊しながら古典文学についての発表をするとかそういうやつ。私にはあんまり分からないんだけど」

「行きましたね。京都。みんなで鞍馬山《くらまやま》にのぼりました」

確か、水森は遅刻してきて、叡山《えいざん》電鉄に乗り遅れた――そんな記憶がよみがえるが、本人不在のところである。彼の名誉のために黙っておこう。

「黒木君、そこでめちゃくちゃに面白い研究発表をしたんだって？」

「ああ、お恥ずかしい話です」

じんわりと苦い想いが湧き上がってくる。顔にはあまり出ないほうだが、こればっかりは苦虫を噛みつぶしたような表情になってしまった。

「『和泉式部日記《いずみしきぶ》』は、実は皇族を殺害した犯人を推理するために書かれた平安時代の推理小説だ。黒木がそう発表して、突然独自の推理を語り始めた。みんなが呆気にとられる中、俺は一人で笑いが止まらなかった。——って、志紀君が言ってたよ」

僕は恥ずかしさのあまり頭を抱えた。穴があったら入りたい、とはこの心境のことだろう。

「——それは馬鹿にされているのでしょうか」

「ううん、褒めてるんだと思うよ」

そう言って千絵は頬杖をついた。

※

僕があてがわれた部屋は、水森の家の二階の西側にある洋室だった。元々来客用に作らせた部屋だそうで、備え付けのベッドはしっかり手入れの行き届いたシンプルなものであった。内装も含め、至って現代的だ。

やはり、なんというか、情緒がない気がしてしまう。

せっかく田園風景の田舎に来たのだから——という思いもなくはない。しかし、それを言っては失礼に当たる。それくらいは心得ているつもりだ。

バス・ルームを借りて一日の汗を流した僕は、部屋に戻って窓を開けた。

小さく虫の声が聞こえるような気がする。深夜の風が気持ちいい。

やっぱり都会とは全然違う。こんなに静かな夜はどれぐらいぶりだろう。

ふと、やや離れた場所に大きな屋敷の影が見えた。あれは北西の方角か。水森が教えてくれた八重垣本家の屋敷とはアレのことだろう。

いよいよ明日。神社に眠っていたという古文書を拝むことができる。——僕は微かに緊張してきた。そわそわする、と形容すればよいだろうか。

被害者の島田光男には気の毒だが、僕には関係のないことなのだ。

僕にとって重要なのは古文書。そして家系図。

八重垣一族のルーツを明らかにするもの。

ベッドに倒れ込んだ僕は、今日一日の出来事に思いを馳せ、よほど疲れていたのだろう、気が付いたら眠りに落ちていた。

※

僕は囲炉裏《いろり》の前に立っていた。

懐かしい光景だ。囲炉裏に火を入れる祖父の姿を見て、ああ、これは夢だ、と悟った。

昔の夢はよく見る。僕にとって祖父と過ごした日々は、それだけ特別だった。

祖父の横に大人しく座って火をぼうっと眺めている少年がいる。これが僕だ。僕は大きな布の袋を大事そうに抱えている。

両親が亡くなったのは僕が七つの時だった。交通事故が原因だった。東京に住んでいた僕の両親は、駆け落ち同然に新潟から移り住んできたらしい。僕がそのあたりの話を知ったのは、もっと大きくなってからだった。だから、当時の僕は祖父が生きていることすら知らなかった。

初めて新潟の祖父の家に引き取られてやってきた日、祖父が最初に見せてくれたのが、囲炉裏の火起こしだった。その日のことは鮮明に覚えている。

庭で熾《おこ》した炭を灰の中に入れる。パチパチと赤い火が浮かび、その上に鉄瓶をかける。夏でも囲炉裏から火が消えることはなかった。

今思えば不思議なことに、真夏に火が入れられたにもかかわらず、暑い思いをしたことがなかった。むしろ祖父の家は快適そのもので、僕は差し出された冷たい麦茶を飲みながら、炉の中で調理をする祖父の手をじっと見ているのが好きだった。

ぼんやりとした橙色《だいだい》に照らされた祖父の顔は、いつも優しかった。

『鉄生』祖父は僕に語り掛ける。『火とともに生きなさい』

――火とともに？

『そうだ。火は、豊かさを生み、生活を明るく照らしてくれる』

――でも火は危ないって、母さんが。

祖父は静かに僕を見つめた。慈しむようなまなざしだった。

『火はすべてを灰にし、消し去ることもできる。しかし手懐《てなず》けることさえできれば、これほど強い味方はいないんだ』

そういうものなのか。僕は一瞬悩んだ。が、そうなのかもしれない、と納得するに至った。

『まずは火を味方につけなさい。そして』

火を絶やしてはならない。

祖父はそう言って、僕の頭を優しく撫でた。

◆　◆　◆

——生まれて初めて、人を刺した。

何を当たり前のことのように、当たり前ではないことを語っているのだろう。自分で自分がよく分からなかった。

思っていたよりも呆気なかった。

もっと強い抵抗にあうものと覚悟をしていたのだが。

しかし、おそらく状況を理解する間もなかったのだろう。島田光男は、驚愕の表情を浮かべたまま、大きな地蔵菩薩の足元に倒れこんだ。

ためらいはあった。ささやかな暮らし、平穏な毎日。そういったものに囲まれて、生きていくこともできたはずだ。それを自らの手で壊すということだ。一体自分はどうなってしまうのか、怖くもあった。

皮膚を貫く感触。噴き出した血の生ぬるい温度。目の前でゆっくりと命を終えていくニンゲンだったもの。

彼の口がパクパクと動く。

『どうして』

きっとそう言いたかったに違いない。

しかし――

済んでみれば、とりわけて大きな感情のゆがみもなかった。動揺も焦燥もない。ただ、小さな達成感だけが、胸を満たしていた。

ああ、自分はもう既に『正気』ではないのかもしれない――そう思った。

――否、違う。

考えれば考えるほど、至って『正気』なのだ。

自分のするべきこと、自分にしかできないことに気が付いてから、一人のニンゲンとしての平凡な幸せは捨てた。

ささやかな暮らし、平穏な毎日。そういったものをかなぐり捨ててでも、この道を自ら選んだのだ。

なんだかひどく、いびつな気分だ。

それなのに、この達成感は、なんだろう。

ニンゲンとしての平凡な日々を捨てた気分はどうだろう。

――後悔はない。

新しく生まれ変わった？　――否、それも違う。眠っていただけだ。すべてを知ったあの瞬間から、確かにそれは存在していた。

『使命感』が、脳を、身体を、行動を支配していた。

光男が完全に動かなくなったのを見届けると、ゆっくりとあたりを見回す。

大丈夫だ、目撃者はいない。

それを確認したのち、手際よく事後処理を開始する。あらかじめシミュレートしたことだ。手順通りにすればいい。

間もなく、会合を終えた連中がここを通りかかるだろうその前に。

――守らねば。

そのためだったら、なんだってできる。そうだ、命すらも投げ出そう。自らの手を血で染めて、なお、その意志は揺るがなかった。

自分が生まれてきた理由を問い直す。

すべてはこの日のためだったはずだ。

その目的のためだったら――

そう、なんだってできる。

なんだってできるよ。

それが、『あなた』のためで、あるならば。

二日目

翌朝。

ノックの音で目が覚めた。

「黒木、そろそろ起きろ」

水森の声だ。返事をすると扉を開けて入ってきた。

昔の夢を見た気がする。ひどく懐かしい夢だった気がする。だけど、その輪郭は曖昧で、はっきりと覚えているのは祖父が生きている頃の夢だ、ということだけだった。

寝癖だらけの頭をくしゃくしゃとかきむしりながら時計を見ると、時刻は八時半を回っている。目覚ましのアラームを掛けておいたはずだが、気付かずにスルーしたか、無意識にオフにしてしまったか。

「夜遊びの達人だった水森君が——環境は人を変えるね」

「ああ、農家は早起きなんだ」

カーテンの隙間から陽光が差し込んでいる。やはり少し寒い。昨日窓を閉めて寝たはずだが、気温はすっかり秋である。

「もう行くの？」

「いや、朝食ができたから呼びに行けって、千絵がさ」

「朝ごはんを食べるなんて何年ぶりだろう」

「お前、学生時代にも不摂生な生活してたよな」

正直なところ、不摂生は今もさほど変わってはいない。一日一食なんてことはざらにあるし、食事が面倒な時は冷凍庫のヴァニラ・アイスのみで済ましてしまうこともあった。

手作りのまともな食事に与《あずか》れるのは、有難い話だった。

リヴィング・ルームに降りると、テーブルの上には既に食事が並べられていた。トーストとバター、スクランブル・エッグにトマトとウィンナーが添えられている。

「あ。おはよう黒木君。あり合わせだけどごめんねえ」

「いえ、美味しそうです。ありがとうございます」

それにしても、ここに来ると都心まで四時間ほどかかる地方の農村に来ているという認識が希薄になる。釜で炊いた白米とみそ汁ではないんですね——とはさすがに失礼すぎて言えない。

　きっと水森夫婦の方針なのだろう。田舎にいるからと言って田舎に染まるな、ということか。あるいは、僕の感覚が古いのか。

　千絵の食事は、昨晩のコロッケに続いて大変美味であった。特にスクランブル・エッグが今まで食べたこともないほどふわふわで動揺した。

「千絵さん、料理上手なんですね」

「そうだろ？」水森は嬉しそうだ。「俺もそれで胃袋をつかまれちまったってわけよ」

　学生時代の彼には想像もできないようなのろけ顔である。ほほえましい。人は変わるものだ。

「褒めても何にも出ないわよ。そろそろ時間なんじゃないの？」

　時計を見やる。確かに本家に行く約束の時間が近づいてきている。

「千絵さんは一緒にいかないのですか？　実家なんでしょう？」

「私はねえ、ううん、良いかな。古文書にも家の歴史にも興味ないし」

「そうなんですね」

「私はそもそもこの村から出て行こうと思っていた人間だからね。中学生の頃なんてさ、こんなカフェもコンビニもタピオカ屋さんもない村なんて、絶対出てってやるぅ！　って大騒ぎしていたものよ」

その姿は容易に想像ができる。

「でもね、志紀君がこの村を気に入ってくれて、一緒にこっちに住もうって言ってくれたの」

その話は数年前に水森からの手紙に書いてあった記憶がある。結婚報告のための手紙で、相手方の家族にも親切にしてもらっている旨が書いてあった。あの時は、僕も大いに驚いたものだった。

そもそもなのだが、水森志紀というのは天涯孤独な男だった。早くに両親を失い、身寄りもなく、高校時代から一人暮らしをしていたとも聞いたことがある。僕も両親を早くに亡くしており、境遇が似ているということも僕と水森が仲良くできている理由の一つなのかもしれない。

そんな彼が、新たに家族を得たのだ。

「栄蔵さん――千絵の親父さんだが――とも意気投合して、気が付けばめでたく婿入りが決まっていたってわけよ」

八重垣家の現当主・八重垣栄蔵。僕は昔見た探偵映画に出てくる厳格な老資産家をイメージしていた。なんだっけ、キンダイチコウスケ？

その栄蔵氏が住む屋敷に、僕らはこれから向かおうというわけだ。

「まあお父さんからしたら渡りに船だったと思うわ。何しろ我が家は伝統的にというか、遺伝子的に？　男子が生まれにくい家系らしくて――」

「男子が生まれにくい？」

「実はお父さんも婿養子だったらしいよ。どういうわけか生まれてくる子はみんな女の子。私のほかにには妹が一人いるだけだし」

「そんなこともあるんですね」僕は水森が淹れてくれた珈琲に口をつける。「跡継ぎのためには婿養子を招き入れなくちゃいけなかったんですね」

「俺は八重垣の家を継ぐことにはあんまり興味がないんだ。ただ、農家の生活とこの土地の水が思いのほか肌に合ったのと、俺を見捨てた親戚連中と縁を切りたかっただけなんだ」

「ふうん。――で、実のところは？」

「もちろん、ウハウハよ」

僕たちは三人で目を合わせて笑った。水森らしい。

「そういうわけで、私はパス。志紀君と黒木君だけでいってきて」

「分かりました。それでは、そうさせていただきます」

僕は残っていた珈琲を飲み干した。

なんだかとても美味しかった。

※

水森の軽トラックに乗り込んで十分弱。

目的地である八重垣本家にたどり着いた。

「すごいね……」

僕は思わず呟いた。絵に描いたような日本家屋の大豪邸、とでも言おうか。歴史を感じさせる重厚な造り。透《す》き塀《べい》に囲まれた広大な庭には人工の池や松の木が存在感を放っている。

大門の外には数台の車が停まっており、自分たち以外にも来客があったことが窺える。

「今行って大丈夫なの？」

「この家には来客なんて日常茶飯事だ」水森はこともなげに言う。「誰も訪ねて来ない日のほうがレアだよ。実業家から文化人、警察、病院、政治家のお偉いさんまで。みんなウチのカネが目当てだ」

どうやら八重垣家に対するイメージを改めなくてはならないかもしれない、と僕は考える。これはただの地主ではない。『超』が付くほどの金持ちだ。僕の親友は、とんでもない一族に迎え入れられたようだ。

仰々しい玄関の傍らにはインターフォンがあったが、それを押すまでもなく中から物腰の柔らかい中年の婦人が現れた。こちらを見てにっこりと微笑み、「おはようございます志紀様。それとお友達の黒木様でいらっしゃいますね」と深々と頭を下げた。

「おはようヨシエさん。お義父《とう》さんはもう起きてる？」

「はい、今朝は主治医の小杉様と居間でお話し中でございます」

「ああ、小杉さんももう来てたのか」

「栄蔵様、志紀様のご到着を待っていましたよ」婦人はますます顔を綻ばせ、「それはもう、そわそわと。首を長くして」

「頻繁に会ってるじゃねえか」

そう言う水森もまんざらでもなさそうだ。良い舅《しゅうと》・婿の関係を築けているらしい。

「この方は、八重垣の家で家事全般を手伝ってくれているヨシエさん。なんていうんだそういうの。えっと、その、家政婦さん？」

「今の時代は家政婦というよりも家事代行、のほうが適切でしょうか」

律儀に返してくれる。僕はよろしくお願いします、と頭を下げた。

「ヨシエさんの家は代々八重垣に仕えてくれているんだ。ヨシエさん自身、先代の時代からの住み込みで——」

「まあまあ、わたくしの話はよいのです。さ、早く上がってください」

ヨシエに促されて玄関を上がると、床の間に置かれた巨大な緑色の石が真っ先に目に入った。ヒスイの原石だ。水森の家で見たものよりも一回り大きい。

これほどまで大きくなると、一体どれだけの価値があるのだろう。僕らのような一般庶民には想像もつかない額になるに違いない。

案内されるままに広間の前までやってきた。ヨシエが「失礼します」と言って襖《ふすま》を開ける。中央の座卓に向かい合わせで座った二人の男が何やら楽しそうに談笑していたが、こちらに気付いてああ！　と声をあげた。

「志紀君と黒木さんじゃないですか。もうお着きに？」

一人は昨日出会った八重垣家主治医の小杉だ。目を細めて手招きをしている。

もう一人の男は、四角い顔をした、人の好《よ》さそうな初老の男性である。太い黒ぶちの眼鏡は老眼鏡だろうか。まだ午前中だというのに、薄っすら顔を赤くしている。見ると卓上にはビールの瓶が置いてある。

「どうも、お義父さん、小杉さん。コイツが古文書オタ――じゃなくてアマチュア研究家の黒木鉄生です」

唐突に紹介され面食らいつつも、とりあえず「よろしくお願いします」と言って頭を下げた。

「やあやあ、志紀君。今日も色男だねえ」四角顔の男が言った。「そんなところに突っ立ってないで、さあさあ、座ってくれよ」

先ほど水森が『お義父さん』と呼んでいたことから察するに、この四角顔がどうやら八重垣家当主・八重垣栄蔵その人らしい。思っていたのとだいぶ違う――その容姿はどこにでもいる親戚のおじちゃんという風で、とりわけお金持ち風でも、厳格そうでもなかった。むしろ、くしゃっとした笑顔が可愛らしくもあった。

「黒木さんと言ったかな、東京からはるばる来てくれたんだってね。二人ともどうだい、まずは一杯――」

酒をすすめようとする栄蔵を水森が慌てて制す。

「ああ、すいませんお義父さん。こいつ下戸なんですよ。酒は一滴も飲めないクチで」僕は恐縮した。「あと俺も今日は運転してきちゃったんで――」

「大丈夫、大丈夫。運転なら手塚《てづか》に任せればいいさ。ヨシエさーん、黒木君にコーラ一本持ってきてー！」

廊下からヨシエの「はーい」という声が聞こえる。

水森は実に嬉しそうに、「本当にいいんですか？　甘えちゃいますよ？　それじゃ、遠慮なく――」と小グラスを手に持った。

なるほど、水森は本当にこの義父に好かれているようだ。水森はとにかく目上の人間から可愛がられる。

本心では一刻も早く発見された古文書とご対面したいところだったが、こういう時に出されたものを断るのは人間関係の構築上まずいということは何となく分かる。差し出された座布団の上に腰を下ろした僕は、落ち着くために部屋をぐるりと見回してみた。

ザ・和室、である。新潟の祖父母の家を思い出す。十二帖ほどの空間に、違い棚と床の間。中国風の掛け軸には山間を流れる川と数羽の鳥が描かれている。目を凝らしてみると、どうやら鶴のようだ。

そして――僕の目はあるものにくぎ付けになった。

「刀――？」床の間に飾られている日本刀を指さして言った。「本物ですか？」

栄蔵はアハハと笑うと「あれは模造刀だよ」と言った。

「模造刀」

僕が興味を示したのを見て小杉が身を乗り出してきた。

「アレはね、実はウチの神社で造らせたものなんですよ」誇らしげに言う。「美しいでしょう。ねえ」

小杉は宮司なのだという話だったな、と思い出す。でも神社で模造刀を造るとはあまり聞いたことがない。

「どういうことです？」

「ウチの神社――『沼神神社《ぬまかみ》』というんだけど――御神体がね、古い刀なんですよ。基本的に門外不出の物で、本殿で大切に祭祀《さいし》されているんですがね。八重垣家の先代当主である八重垣時之助《ときのすけ》氏から、どうしても身近に置いておきたい、と依頼されて造ったのがその模造刀なんです」

「先代の時之助が家宝とするほどこの模造刀を気に入ってね。アレはすこぶる造りが良くて。だから時之助が亡くなった今でも飾っているのさ」

刀が御神体というのは珍しい気がした。千葉県にあるどこかの神社がそうだった記憶があるが、それ以外には覚えがない。

「なるほど。そうだったんですね」

「志紀君が言っていた通り、黒木さんはフルイモノに興味がおありなんですな」

「いえ、古美術は専門外です」僕は軽く背を丸める。「あのう、そろそろ、例の」

ああ、と小杉さんは手を打った。

「今準備します。しばしお待ちください」

小杉が座敷を出て行ったのと入れ違いに、ヨシエが瓶入りのコーラを持って現れた。グラスにはレモンも添えられている。

注がれたコーラを一口飲む。うん、美味い。コーラはキンキンに冷やされており、驚くほどの清涼感とともに喉を通過していった。

「美味しい。これ、普通のコーラですか？」

「分かるぜ。瓶のコーラってなんであんな美味いんだろうな」

栄蔵も愉快そうに笑う。

「ウチには無類のコーラ好きが住んでいるんだよ。だからいつでも大量のコーラを地下の保冷庫に冷やしてストックしてあるのさ」

「地下の保冷庫？」

「ああ、うちにはコーラ専用の保冷庫があるんだよ」

なんてすばらしい家だ。僕は心の底から感嘆する。そういえば、水森がこの屋敷にはかつて隠し部屋のようなものがあったとか言っていた。そのうちの一つなのかもしれない。

「ご家族の誰かですか？」

「娘の咲良《さくら》だよ」

「娘さん」

「そうだ。千絵の妹だ」

コーラをストックする令嬢——一瞬だけミスマッチに思えたが、千絵を先に見ているので全く驚きではないし、むしろ千絵の妹なら、と妙に納得できてしまった。

「いい嗜好《しこう》を持っているんですね」

「千絵は炭酸が飲めないいんだがな」

その方がよほど意外であった。

「そういえば」水森は思い出したように言う。「咲良ちゃん今日は見ないな。いつもなら俺たちの車の音を聞きつけてすぐ出てくるのに」

「咲良さんなら」ヨシエは空になった瓶をお盆に載せながら答える。「さっき手塚君を連れて『こしかけ山』の方に行ったみたいですよ」

「こしかけ山」

「昨日話した土砂崩れを起こした裏の山だよ」

「ああ、べったん湖」

思い出した。こしかけ山にべったん湖。この村の人たちのネーミング・センスは独特だと思った。

「あんなところに何しに行ったんです？　確か今はまだ立ち入り禁止になっていましたよ

ね」

「手塚が一緒なら問題ないだろ」

特に気に留めた風でもない。栄蔵が一番無頓着なようである。僕が残りのコーラを飲み干したところで小杉が戻ってきた。

「準備ができました。お隣の仏間へどうぞ」

※

異世界に迷い込んだようだ——そう形容したくなるような場所だった。思わず見とれてしまった。

小杉と栄蔵に案内された仏間は、先ほどの広間よりも少し薄暗く、微かにひんやりとした、なんとも清廉《せいれん》な空気に包まれていた。

襖を開けて正面に、一般家庭ではお目にかかれないような立派な仏壇が置かれている。その両脇には見るからに歴史のありそうな仏像が穏やかな顔でこちらに微笑みかけていた。まるで寺社の本堂のようだ。

「すごい部屋ですね」僕の語彙力ではこれが精いっぱいだった。「お寺の伽藍《がらん》みたい」

「私には価値が分からんものだがね」栄蔵はにこにこしながら部屋に入っていく。「古いことは確かだ。黒木さんのお眼鏡にかなうかな」

どうやら僕はこの村では『フルイモノ好きの青年』という理解が共有されているようだ。他に紹介の仕方はなかったのか、水森。

仏間の中央を見ると、高さ二十センチほどの台が置いてあった。そこに見るからに古い書物が載せられている。厚みのある紙を使用していて、これもまた時代を感じるこよりで和綴《わと》じされている。汚れや風化でかなりかすんではいるが、表紙に力強く記された『録』の文字ははっきり読めた。

「これがこしかけ山の土砂崩れで見つかった古文書です。私らは勝手に『沼神文書』、という風に呼んでおります」

「神社の物置小屋に眠っていたものって、水も——志紀君から聞きました」

小杉いわく、こしかけ山の神社本殿や拝殿は小さな被害で済んでいるそうだ。しかし、物置小屋があった神社の裏手側の斜面が崩れてしまい、その土砂がべったん湖に流れ込んでしまった。そういうことらしい。

「べったん湖のほとりにも古い祠《ほこら》があったんですけど、全部流されてきた土砂に埋まっちゃったんですよね」

小杉はあっけらかんとした口調で言う。

それを聞きながら、僕は何だか不思議な感覚になっていた。

どうやらこの村では、継承されてきた伝統であったり、古くからの考え方であったりというものを、そこまで大切に考えていないような印象を受けるのだ。水森然《しか》り、栄蔵然り、である。

確かにここは田舎の農村とはいえ、スマートフォンの電波が入るような土地である。思っていたよりも人々の価値観はアップデイトされているのかもしれなかった。

「そんな中見つかったのが、この『沼神文書』だった、ってわけです」

小杉は懐から白手袋を取り出して僕に渡してくれた。

「手に取る際にお使いください。貴重な史料かもしれませんので」

僕は頭を下げて白手袋を受け取り両の手にはめた。実際は僕も自分用の白手袋を持ってきてはいたのだが、こういう場面では好意に甘えた方がいい。

小杉としても、もしもこれが貴重な史書であれば、神社の観光資源の一つにできるかもしれない――そう考えてのことだろう。

『沼神文書』をそっと手に取る。ズンとした重みを感じる。鼻をつくカビの匂い。古書好きにはたまらない。和綴じがもろくなっているかも知れないので慎重に書をめくる。草書体ではあるが、思ったよりも崩れた文字ではない。が、しかし癖のある文字だ。これを書いたのはおそらく武骨で力強い男性であると予想する。

「――ああ、なるほど。これでは簡単には読めませんね」僕は感嘆していた。「江戸時代中期……いや、晩期かな。ひょっとしたら明治時代初期の可能性もあります。記録としては相当古い時代の記述から始まっているみたいだけど」

僕はその特徴ある古文書を一文字一文字丁寧に読み解いていく。正確に年代が記されてはいないが、八重垣家はこの地一帯を治めていた一族であることや、地名の由来などが記されているようだ。

思ったよりも情報量は膨大である。

パラパラとめくってみても、その字体や文体はほとんど変わらないように思えた。多少のばらつきはあるが、文字そのものに表れるクセのようなものはほとんど一緒である。

つまりこれは、最初から最後まで同一の書き手による文章だ。

さらにめくってみる。記録には心情的な描写がほとんど挟み込まれていない。淡々と事実を列挙しているような印象だ。それだけに、その地方独特の言い回しなどを考慮して読まないと誤訳してしまう可能性がある。僕は気を引き締めた。

そのまま数分間『沼神文書』に見入っていた。――が、ふと近くに小杉や栄蔵がいることを思い出して言った。

「これは少しばかり――時間を、いただくことになり、そう、です」

本格的にやるとしたら文字おこしからになる。文字おこしが終わったらデータを東京に持ち帰って、内容の方も解釈していく必要があるだろう。

村への滞在は今日を含めてあと三日と考えていたが、終わらない場合は、写真を撮って東京まで持ち帰る案件になるかもしれない。

「まあゆっくりお願いしますよ。もしこれが歴史的に価値のあるものなら、市に協力を仰いで大学の先生方にも鑑定を依頼しようと、こう話していたところなんです。もし何か分かったら、ぜひレクチャーいただきたい」

「滞在中、この場所をお貸しいただけますか」僕は栄蔵に問う。「湿度も気温も言うことなしでです。もちろん、二十四時間居座るつもりはありません。本日から三日間ほど。毎日午前十時から夕方六時まで、というのはどうでしょうか」

「それはかまわないよ」栄蔵はにこにことしながら快諾してくれた。「元からそのつもりでもいたからね。でももしかしたら午後三時になったら家の者が供え物を持ってくるかもしれないんだ――それでも、構わないかい？」

供え物というのは、仏壇に供えられた花や果物のことだろう。僕は頷いた。

「かまいません。僕も皆さんの邪魔にならないよう気を付けます」

その時、仏間の外の廊下を慌ただしく近づいてくる足音が聞こえてきた。

——ドタドタドタッ、と、かなり大きな音だ。ヨシエかな、と思ったが、彼女がこんなドタドタ走る姿は想像ができない。

「騒がしいな」水森が怪訝そうに言う。「おーい、誰だあ」

呼びかけた声とほぼ同時に襖がザザッと開かれた。

現れた男性は、昨日も見た人物であった。

「ああ、健三郎《けんざぶろう》か。随分と慌ててどうしたんだい」

健三郎——ケンちゃんと呼ばれていた青年である。ハァハァと肩で息をしながら立ち尽くしている。が、水森と栄蔵の姿を認めると、ハッと我に返ったように喋り始めた。

「た、た、大変だ。大変だよ栄蔵さん。さ、咲良ちゃんが、こしかけ山の裏参道に入って行っちまった」

「何だと」栄蔵は血相を変えて立ち上がる。「あんのおてんば娘ッ。まったく、手塚がついていたのになんでそんな危ないところに——」

咲良というのは、コーラが好きな千絵の妹の名だ。

こしかけ山といえば、台風の影響で土砂崩れを起こしたような場所である。

まだ復旧も済んでいないというなら、再び斜面が崩れることも、二次災害も大いにあり得るということだ。もし、万が一のことがあったら――そう思ったのか、小杉の表情も心なしか青ざめて見えた。

「た、大変だ」

「お義父さん」水森は冷静に言った。「今から俺とケンちゃんで山に捜しに行きます。どうせ『奥ノ院』まで行ったんでしょう。それから駐在さんにも念のため連絡を」

「わ、分かった」

「黒木」水森は僕にも向き直った。「どのみち俺にはコモンジョを読む手伝いはできないだろ」

「そうだね、水森君には無理だと思う」

「はっきり言いやがる。が、それを聞けて安心した。ちょっと義妹を捜しに行ってくる。お前は解読を進めておけ。俺が居なくても大丈夫だよな」

「了解したよ。水森君がいると却ってペースが落ちてしまうと思う」

「だろうな」

口元に皮肉な笑みを浮かべて水森は健三郎を連れ出した。

「エッ、また走るの？」

健三郎は露骨に厭《いや》そうな顔をした。

分かるよ、気持ちは。

※

部屋の真ん中にちょこんと座るセーラー服姿の少女は、むすっと頬を膨らませて周囲を取り囲む大人たちを睨みつけていた。

真っ黒で胸のあたりまで伸びた長い髪と僅かにブラウンがかった丸い瞳が印象的だ。そして――

有り体《てい》に言えば、とてつもない美人である。

「別にいいじゃん、手塚君もいたんだし、いざとなったらスマホだって持ってるし」

「そういう問題じゃないだろうが！」先ほどまでニコニコ顔だった栄蔵が、鬼の形相になっている。「まだあそこは危ないんだぞ」

大広間の隅では屈強な体つきをした三十代前半くらいと思われる男が、身を小さくして恐縮していた。おそらく彼が、噂の手塚であろう。

「も、申し訳ございません、栄蔵様。お、俺がついていながら――」

「分かっている、分かっているぞ。お前のことだからちゃんと止めようとしてくれたんだろう。問題はこの無鉄砲娘だッ」栄蔵はぴしゃりと言う。「本当にすまないな、このバカ娘の面倒を押し付けてしまって――」

手塚はますます畏《かしこ》まる。

「えーッ、面倒とか、ひどくない？　ねえ、ひどくない？」

そう不満げに首をひょろひょろと振る少女。彼女が、八重垣家の次女――八重垣咲良である。

咲良は水森と健三郎にほどなくして発見された。数十分間に及ぶ追いかけっこの結果、彼女は水森に捕まり、本家の屋敷にまで連れ帰られたというわけだ。

成り行き上、僕もこの場についてくることになったが、なんとも座りが悪い気分だった。

「だってさ、こしかけ山の森の中にはあたしとミックンの秘密基地があるんよ？　なのにもう一か月も様子を見てないんよ？　気になるでしょ？　普通」

「なんでお前は秘密基地の存在をみんなの前で公開しているんだ」

咲良はアッ、と小さく呟いて舌を出して見せた。

ミックン、というのは誰のことだろうか。

「まあまあ、お義父さん」水森が栄蔵をなだめて言った。「今回は幸い怪我もなかったようです。大めに見てあげましょうよ」

「さっすが志紀君！」咲良は目をキラキラさせて水森を見ている。「お姉ちゃんのお眼鏡に適《かな》った人ってだけのことはあるね」

「おちょくらないで」水森は声のトーンを落として言う。「咲良ちゃん。これからはこんな危ないことしちゃダメだよ、まだ立ち入り禁止のままなんだから。約束できる？」

「——はあい」

「ほら、咲良さんもこう言っていますし」

栄蔵はため息をついた。気のせいだろうか、水森の言葉を聞いているうちに、怒りの温度が一気に下がったように見えた。渋々と、

「まあ志紀君がそう言うなら……」

と言って引き下がった。

僕はそんな家族の遣《や》り取りを傍から見ながら、正直に言えばどうしたらいいのかさっぱり分からなかった。成り行き上、一緒に大広間までやってきてしまった。が、内心早く『沼神文書』の解読に戻りたくて仕方なかった。しかしこの状況で、どう切り出したらいいのか全く分からない。

詮方《せんかた》なく目をキョロキョロさせる僕を、最初に気に留めてくれたのは咲良だった。

「アッ、もしかして黒木さん？」

突然呼ばれてビクッとした。

「え。あ、はい。そうです」

「やっぱり！　フルイモノが好きそうだもんね！　オタクっぽい！」

咲良は水森の横をすり抜け、畳の上をハイハイするようにこちらに近づいてきた。思わず二、三歩後退りする。

「はじめまして、志紀君の義妹の八重垣咲良です。高校三年生です」

「高校生」

確かに、セーラー服を着ているのだからきっとそうなのだろう。思っていたよりもずっと若い。

「ウン、ウン、やっぱり物好きだよね、こんな田舎の村に来て、あまつさえ名もない神社の古文書を読もうだなんて。あ。だけど思ったより若いかも。古文書のハカセがくるって聞いてたから、どんなおじいちゃんが来るのかと思ってたんよ」

「お、畏れ入ります」

小杉が視界の隅で肩を落とすのが見える。名もない神社、は確かに気の毒だ。

「まあでもせっかく来たんだからゆっくりしてってよ！　派手なものは何もないけど、水も空気も美味しいし、何よりウチのお米が美味しいから」

「お米ですか」

「そう。この辺り一帯の田んぼはね、ぜーんぶウチの土地なの」昨日、水森からもそのように聞いた。「おびき川の水は山のミネラルたっぷりの超美味しい水でね！　その水を使って育てたウチの米はもうマジで絶品！　絶対に気に入るからね！」

「はあ……あ、はい」

「あ！　あとね、あとね。野菜も美味しいんだよ！　あたしも東の畑でトマト作ってるんだ。そうだ、後で持ってきてあげるから食べてよ！」

目をキラキラさせながら言う。

「分かりました」

僕は意外に思った。こういう田舎に住む若い娘は、皆都会に憧れて村から出たくなるものとばかり思っていたが、どうやらそんなこともないらしい。

この少女は、この田舎の農村を心の底から好ましく思っているように見えた。

「自分の畑を持っているんですね」

「じーじにもらったの」

「じーじ」

「うん！　おじいちゃん！　もう死んじゃったんだけどねー」

僕は頭の中で人物関係を整理する。栄蔵の父親ということか。

「咲良ちゃん、今日はよく喋るな」水森が苦笑する。「黒木、気に入られたみたいだぞ」

「え」

何もしてないぞ。

「だって黒木さん、絶対いい人だもん」

そう言う咲良の瞳は、一点の曇りもなく、こちらをまっすぐと見つめていた。その眼差しのあまりの純粋さに、思わずたじろぐ。

申し訳ないが、僕は人付き合いがあまり得意な方ではない。一方的に喋ってくれるのは助かるが、こうも一気に距離を詰められると面食らってしまう。かといって無下にするわけにもいかないので、毎度言葉を選ぶのに必死だ。

「あ！」唐突に叫ぶ少女に、僕は再びたじろぐ。「黒木さん、瞳の色、めっちゃ綺麗」

「瞳の色？」

その場にいる人々の視線が僕に注がれる。

「うん！　ちょっと青みがかった黒って感じ」咲良の声がよりいっそう弾む。「ひょっとしてハーフ？」

僕は慌ててかぶりを振る。

「いいえ。生粋《きっすい》の日本人です。初めて言われました」

「なあ咲良ちゃん、黒木はこう、なんというか――テンション高いのが苦手なんだ」

助け舟を出してくれたのは水森だった。持つべきものは親友だ。ありがたい。

咲良はまん丸の瞳を見開いてきょとんとした。

「あたし、テンション高かった？」

「うん、よく見てみな。黒木、ちょっと引いてるぞ」

「ああ、ごめん。ごめんなさい」

少女は驚くほど素直に頭を下げる。

「あ。すいません。大丈夫、大丈夫です」僕はたじろいだ。「――ただ、あの、はい。僕はそろそろ本業の方に戻らせていただきたいです」

「本業？」少女は首を傾げる。「本業って？」

「古文書の文字おこしです」

「ああ！」少女はすっかり忘れていた、という表情で口を半開きにした。「例の古文書だ。そういやそうだったね。アレでしょ、こしかけ山の土砂崩れで見つかったってやつ」

「はい。そのために呼ばれたので」

「古文できるってすごいね！　尊敬する」

「そうですか」

「すごいよ、あんなん、日本語じゃないもん」

高校生くらいの感性としてはそんなものなのかもしれない。

「現代の日本語と変わらない部分も多いですよ」

「そうなの？」

「そうです」

「ふうん、ソッカァ……」

言い終えると、徐々にではあるが、がっかりしたような、憂えているような表情になっていく。あれ、僕、何かまずいことを喋っただろうか。

反射的に謝ろうとしたとき、部屋の隅にいた手塚がしばらくぶりに口を開いた。

「咲良さんは、久しぶりに年の近い来客があったので嬉しかったんだと思います」

「え」

年が近い？　僕は首を傾げた。

「この家に来るんは大体年寄りか村のモンだけだからな」栄蔵がそれに続く。「村のモンでも君みたいな二十代の若者は、さっきいた健三郎か駐在のモンちゃんぐらいのもんだ」

「学校の友達もほとんどが隣町に住んでるから、気軽に遊びに行けないんよー」

咲良が寂し気に言うので少々気の毒になった。が、ここは自分の仕事を全うしなくてはならない。

僕は心を鬼にして言った。

「すいません。仕事に戻ります。――それと、僕はもう三十歳です。失礼します」

※

僕と小杉は、再び仏間に戻ってきていた。

水森は「ちょっと用事がある」と言って出かけていった。栄蔵も田んぼのことで来客と相談しなくてはならないとのことだった。文字おこしと解読は、僕と小杉に一任された形である。

小杉は僕の作業を眺めながら、要所で村のことや神社のことを教えてくれる。

「沼神神社の創建は奈良時代とも、もっと昔の飛鳥時代とも謂われております」やはり慣れているのか、流暢に神社の由緒を話してくれた。「御祭神は須佐之男命《スサノヲノミコト》でして、これは日本の皇祖神《こうそしん》である天照大神《アマテラスオオミカミ》の兄弟神なのですな。なんでも大昔に、出雲《いずも》の国から移住してきた民が住み着いたのがこの地で、そのため出雲の神であるスサノヲが祀《まつ》られている――と、こういうわけです」

「出雲ですか」

「ええ、島根県の昔の国名ですな」

「神話で有名な場所ですよね」

僕は記憶の引き出しを探りながら言う。

「ええ、そうです。そうです。黒木さんは日本神話はお好きですか」

「はい。好きです」

嘘ではない。ただ、一つの物語として好きなだけであり、興味関心は古文書の歴史的価値にしかなかった。

とはいえ小杉は嬉しそうに話しかけてくれる。なかなか理解されにくい分野であるがゆえだろうが、悪い気はしなかった。

「宮司という職業柄ですかねえ、『古事記』や『日本書紀』をかじったことがあるくらいには興味がありましてね」

「記紀《きき》ですね」

「そうです。とはいえ私の場合、原文はまったく読めないんですが。お恥ずかしい話です」

そういうものなのか、と僕は思った。神社仏閣に奉仕している人間は、みんな草書体くらいは読めるものと思っていた。

「小杉さんの家は、代々宮司を？」

小杉は頷く。

「そうです。ただ、小杉の家が宮司を務めるようになったのは祖父の代かららしいんです。それまでは、別の家の方が沼神の社《やしろ》を守っていたと聞いています」

「そんなこともあるんですか」

神社の宮司を務める一族が入れ替わる、などという事例を初めて聞いた。

「よくある話だと思いますよ。元々私たち小杉家の人間は、信州辺りから移住してきたんです。だからルーツはそっちのほうです」

「信州――長野あたりですか」

「そうです、そうです。黒木さん、『ナゴイリ』はご存じですかな？」

僕は首を傾げる。

「ナゴイリ」

「イナゴを炒めた郷土料理です」

「イナゴ、というのは昆虫の？」

「ええ、昆虫のイナゴです。そのナゴイリなんかは、今でも我が家の食卓に上ることがありますよ」

そもそも昆虫を食べるという発想のなかった僕は軽く面食らった。だが、冷静に考えれば、どこの誰が何を食べていようと関係がない。僕は食べない、というだけの話である。

「――まぁナゴイリの話はともかく。私たちがこの村に来た時には、とっくに沼神の社は村の中心に鎮座していたとのことです」

「なるほど、沼神神社は、長い長い歴史のある古い神社なのですね」

僕はそうまとめようとしたが、

「それがですね――実は私もどこまでが本当なのか分かっていないんですよ」小杉の話は止まらなかった。「昭和の時代になってから本殿含めほとんど建て直していますからね。近世以前の物なんて御神体や奥ノ院の建造物以外はほとんど残っていないんです。だから、言い伝えや伝承があるだけで、本当にそんな昔からココにあったかなんて、知る由もないんですよ」

「そうなんですね」

でも宮司がそれを言ってしまっていいのでしょうか、という言葉をぐっと飲み込んだ。

「この『沼神文書』がきちんとした文書であるなら、ひょっとしたら神社の本当の由緒であるとか、存在する意義や理由なんかが分かるかもしれないでしょう？　だから、そのあたりもぜひ黒木さんにお願いしたいんです」

神社の存在意義。もしこの古文書からそんなことが分かるとしたら、歴史的な価値はかなり高いものだということになる。

僕は気を引き締めた。

「分かりました」

改めて姿勢を整える。

白手袋をはめた手で慎重にページをめくりつつ、モバイルPCに素早く文字おこしをしていく。この文書が作成された年代自体は、そこまで古い時代ではなさそうだ。使用される文字や文体を見ればおおよそ見当はつけられるのだが、保存状態を考えても江戸時代に書かれたものとみるのが妥当であろう。

「小杉さん、見てください」僕はあるページで手を止める。「和漢混交文《わかんこんこうぶん》だから分かりにくくはありますが、ここの記述に『天明《てんめい》』とあります」

「ああ、本当だ。草書体には自信はないけど、確かにそう読めますね」

「この部分の記述は天明年間に起こった飢饉について書いてあるようです」

天明の大飢饉。江戸時代中期に起こった東北地方中心の大規模な飢饉だ。

「つまりこの文書が編纂されたのは少なくともそれ以降。黒木さんの予想通り、江戸時代後期か晩期以降、ということになりますな」

「そういうことです」

少しずつ文字おこしをしながら、少しずつ内容も読み解いてみる。やはり字体や語彙が独特だ。ハネやハライが絶妙に大きいし、文節の区切りも短い。地方ならではのものなのかもしれないが、時間がかかる。

まず冒頭では、古《いにしえ》の時代よりこの集落が「八重垣」・「牛倉《うしくら》」・「申橋」・「葛城《かつらぎ》」という四つの家が互いに協力し合って統治している土地であることを記述していた。その中心にあったのが八重垣家である。複数の田を所有し、管轄し、管理していた。

「この牛倉とか葛城という家は今でも？」

小杉は「はい」と頷いた。

「昭和の農地改革で地主と小作農の関係は終わりまして、今はそれぞれ独立しております。牛倉さんの家なんかは農家を辞めて今では運送会社の会長さんです。――とはいえ家同士のつながりは深く、未だに交流はあります」

「なるほど」

そこから僕はほとんど口を開くことなく文字おこしに没頭した。小杉は横から僕が打ち出した文章を興味深そうに眺めている。残念ながら文書の保存状態は芳しくなく、判別不可能な文字が散見される。推測すれば補えないこともないが、そこは■■……と黒塗りで打ち込んでいく。

思い込みはよくない。僕は自分に言い聞かせる。

たった一文字。たった一文字の誤認で、文章の解釈が真逆に捻じ曲がることだってあるのだ。

数頁進んだところで、いよいよ例の部分に差し掛かってくる。

「おっ、『家系図』ですね」

小杉が身を乗り出してきた。

家系図、とは言っても学校の教科書に書かれているような綺麗に整えられたものでは当然ない。筆で大きく書かれた姓名が延々と書き連ねられ、その下段に小さく人物同士の続き柄や所有する土地の広さなどが記されている。正確に読み解かないと、正しい親族関係が読み取れない可能性があるため注意が必要だ。

一人ひとり名前を確認して打ち込んでいく。詳しい時代はあまり記されていない。あとで別の記録も参照して解析していく必要もあるかもしれない。

最初に登場する八重垣家の当主の名は「孫二郎」というようだ。出自に関して簡潔な記載があるが、読み取れる限り八重垣孫二郎が初代の当主というわけではなさそうだ。

孫二郎の時代より以前の八重垣家に関してはあまり明記されている部分は見つけられない。これはどういうことなのだろう。

「よく見ると姓名がはっきりと記されているのは大体室町後期――戦国時代あたりからですかね」と、小杉も気が付いたようだ。「でもおかしいな、八重垣家はウチよりも古くからこの辺りを統治していたって聞いているんですが――」

序文の部分にもそれより前の時代にも『八重垣』の家はあったと記録されている。

「ウチよりも、というのは沼神神社よりもということですか？」

「ええ、そうです。――とは言ってもこの村に伝わる伝説のようなものです。知っている人間も限られています。出雲から逃げてきた沼神の宮司一族がここに住み着いたんですが、この村は既に八重垣の一族が治める土地だった――」

その伝承について詳しく、と尋ねかけて、やめた。なかなかに興味深い話ではあるが、ここで深掘りしても仕方がない。

もっと言うならば、小杉の話は、長い。

家系図は孫二郎から始まり、歴代当主の名前が一人ずつ並べられている。数頁にも及ぶその端々で、僕は不可解なことに気が付き始めた。

「やっぱりおかしいな」

「黒木さん、何かお気付きに？」

首を捻りながら紙面の一部分を指さした。

「ここを見てください。少し分かりにくいのですが、この文書には意図的に黒く塗りつぶされている部分があるようです」

文書のところどころに、墨が際立って濃くなっている部分があり、文字が全く判別できないようになっていた。これはおそらく経年劣化ではない。意図的なものだ。

小杉は目を細めながら「本当だ」と呟く。

「これは一体どういうことなんでしょう」

少し考えてみるが、

「さあ。僕には何とも言えません」

と答えるしかなかった。

「何か、後の世の人たちに隠したいことが書かれていたのかもしれませんな」

「隠したいことですか。たとえばどんな？」

小杉はウーンと腕組みをして唸る。

「たとえば――いや。さっぱり分かりませんな」

呆気なくギブアップした。

「大学の専門機関で解析したら、ひょっとしたら何が書かれていたのかが分かるかもしれません」

「そんなこともできるんですか」小杉は目をむく。「もしそれで隠された村の秘密が明らかになれば……そう考えると興奮しますな」

「――そうですね」

正直そんなことはなかったが、とりあえず頷いておく。

カタカタと文字おこしをしながら、再び古文書の世界に没頭していった。

※

仏間に来客があったのは、ちょうど三時を告げる柱時計の鐘の音が聞こえた時だった。

「お邪魔しまーす」

弾むような声とともに襖が開いて部屋が明るくなる。

「さっきはどうもお騒がせしました！　ホンギョーは捗《はかど》ってるぅ？」

「咲良さん」現れたのは八重垣家の次女であった。「どうしたんですか？」

「あたしね、この時間になったらじーじとママにお線香上げるのが日課なんよ」

そう言って彼女はセーラー服姿のまま仏壇の前に正座をした。近くにあった点火用の多目的ライターを使って線香数本に火を点けると、ヒュッと横一文字に空を切るようにして消火をし、線香立てに差していく。

「じーじ、ママ、今日は東京からお客さんが来てるんよ」

おりんを鳴らして両手を合わせながら、咲良はご先祖様に近況報告をしているようである。

そういえば先ほど栄蔵が言っていた「午後三時になったら――」というのは、彼女がやってくることを指していたのだろう。僕もいったん沼神文書を台に戻し、白手袋を脱いで仏壇に向き合った。

「咲良さん、僕にも一本、よろしいですか」

「いいよ。ありがと」

彼女に倣《なら》って仏壇に線香を立てる。今更ではあるが、この部屋を借りている以上、挨拶くらいしておかなければ失礼なような気がしたのだ。成り行き上、小杉も後に続く。

一通りの流れを終えると、咲良は「よっ」と言って身軽に立ち上がった。

「ごめんね。お邪魔しました。そろそろ行くね！」

「ああ、大丈夫ですから」

咲良はそう言う僕のことをくりくりとした丸い目で興味深そうに眺めた。

「ねえ黒木君」いつの間にか《さん》から《くん》に呼び方が変化していた。「明日はヒマ？」

暇ではない。この仕事、想定よりも時間がかかりそうである。が、しかし、彼女の瞳を前にすると、あまり無下に突き放すのも躊躇われた。

「時間帯によっては、大丈夫です」

すると咲良は嬉しそうに、

「じゃあ明日、午前九時集合ね。この村を案内してあげる」

「案内」

「そ。案内。この村の地理や歴史を知っといた方が、ちょっとは仕事がしやすくなるでしょ」

僕は少し考える。一理あるかもしれない。文書には複数の地名や人名が登場している。それらすべてを一つ一つ小杉に聞いていくのも手間だ。

咲良は幼くはあるが、彼女とのやりとりに、不思議と煩わしさは感じない。

本心でいえば、解読に時間を使いたいところではある。しかしここは、彼女の申し出をありがたく受けようと思った。この村の不思議な名称の山や池、ヤイタカ様などを明るいうちに見ておきたい気もする。

僕は答えた。

「分かりました。よろしくお願いします」

「やったあ！　じゃあ約束ね！　明日九時、あたし迎えに行くから！」

少女は慌ただしく出て行ってしまった。嵐のようだった。

小杉は少し意外そうな顔をしていた。

「いいんですか、黒木さん」

「はい。ただし、それ以外の時間はコレに集中したいと思います」

その表情は、本当に終わるの？　と言いたげだった。が、僕には不思議な確信があった。

このペースなら終わる。たぶん。

せっかくの遠出だ。知らない村でフィールド・ワークというのもよいではないか。

「黒木さんは断ると思っていましたよ」

「そうですか？」

「ええ。ああいう若くてキャピキャピッとしたのは、苦手かと……」

表現が古い気がする。

「キャピキャピしているかどうかは分かりませんが、彼女はとてもしっかりした人だと思います」

「ほう」小杉は意外そうに声をあげた。「ウーン、いや、勝手にこしかけ山に入ってしまうあたり、どうも真逆のような気がしますな」

「咲良さんは、年のわりにしっかりしていると思います」

僕は自分の印象を繰り返した。

まず、言葉をよく知っている。今どきの高校生、といった風なのに、知らない人間とでも対等に話ができてしまう胆力や、判断力も持っている。

小杉が不思議そうにしているところを見ると、気が付いていないのだろうか。

「すいません、気が逸れました。文字おこしを急ぎます。あと三時間、お付き合いください」

僕は外していた白手袋を再びはめた。

※

「じゃあ、私はこれで」

と、小杉が自宅へ帰ったのは十八時半をまわった頃だった。

普段は宮司と訪問医の二足の草鞋《わらじ》を履いている彼だが、今は土砂崩れの影響で宮司の仕事ができないそうだ。今日はたまたま非番の日だったらしい。「明日は往診を終えてから伺います」と言っていた。

僕は無作法だと理解しながらも、仏間の床にゴロンと横になった。少し大きく息を吐く。

初日の仕事量としては上出来だった。思ったより読み進められたし、終わりももう既に見えてきている。

それにしても――僕は考える。

沼神文書を読み進めていくと、『あること』がはっきりと浮かび上がってきた。まだ不鮮明な部分もあるが、おそらくそうだ。これはこの村に住む人間なら誰もが知っている事実なのか、否か。

水森か、栄蔵あたりに尋ねるべきだろうか。そう思った。

――そういえば。

時間になったら迎えに来ると言っていた水森は一向に帰ってくる気配がない。まさか置いて行かれたわけではあるまいが、僕は少々不安になる。

不意に昨夜の光景が脳裏によみがえる。夜の畦道。遠くを見つめるセイタカ様。その足元に転がる若い男性の遺体。

そうか――僕は一日経ってようやく気が付いた。

もしアレが他殺体であるとするならば、誰かが殺した、ということになるのだ。被害者があれば、加害者も当然存在することになる。そんな当たり前のことに、今になって気が付いた。

まだ九月とはいえ、この時間ともなれば辺りは暗くなってくる。街灯も少ないこの田舎町だと、屋敷の外はほぼ光のない暗闇の世界だ。僕はわずかに心細さを感じた。この闇のどこかに、殺人犯が潜んでいる――。

そうだ。殺人犯が潜んでいるかもしれない村に、僕はいまいるのだ。

途端に水森のことが心配になった。あの男が時間にルーズなのは知っていたが、あまりに遅すぎやしないだろうか。

もしかして殺人犯に――とあらぬ想像をしていた時、襖の外で人の気配がした。

「お邪魔いたします、黒木様」

その声には覚えがあった。

「ヨシエさん」

「作業の方は順調でしょうか」

僕は「はい」と答えた。襖がそっと開いて膝をついて座るヨシエが現れる。午前中と同じ柔らかい物腰で、僕の姿を見て深々と頭を下げた。

「志紀様からお言付けを承ってまいりました」

「水森君から？」

「志紀様は現在、隣町の警察署にいます」

思わず「えッ」と叫んでしまった。

確かに、学生時代の彼なら路上で騒ぐなどして警察のお世話になったとしても何ら不思議はない。しかし、所帯を持った今の水森がまさか――僕は一瞬で様々なことを想定してしまった。

「あの。その。彼、何か悪いことでも――」

「イエイエ、そうではございません。昨夜の事件の件のようでございます」

ああ――僕は理解した。あの場に居合わせた人間としては、事情聴取に応じないわけにはいかなかったのだろう。

「そういうことでしたか」

「ええ。少々当家で待っていてほしい、とのことでした。何かご入用の物はございますか？」

「いや、特に――」と言いかけたが、「あ。コーラ。コーラが飲みたいです」

気が付けば、僕は相当長いこと何も口にしていなかった。古文書に没頭しすぎて飲食をすっかり忘れていた。心なしか頭も痛い気がする。

悪い癖だった。一つのことに集中しすぎて、そのほかのことが疎《おろそ》かになってしまう。研究にしても、部屋の片付けにしても、自分が飽きるか疲れ果てるまで際限なく続けてしまう。

今の僕には糖分が必要だ。

「それでしたら」ヨシエは少し微笑んだ。「よろしかったらわたくしと手塚君の休憩室にいらっしゃってください。彼も今頃、戻って来て一息ついている頃だと思います」

「休憩室。そんなものがあるんですね」

「ええ。栄蔵様がわたくしたち使用人のためにあてがってくださった部屋なんです」

四角ばった栄蔵の、人のよさそうな顔が思い浮かぶ。印象通りの善人であるようだ。

「じゃあ遠慮なく。お邪魔いたします」

僕はゆっくりと立ち上がる。長時間座りっぱなしだったからか、軽く足がふらついた。そのままヨシエについて仏間を出て外の回り廊下を歩こうとするが、どうもまっすぐ歩けない。

「大丈夫ですか？」見かねたのか立ち止まってくれた。「どこか痛めましたか？」

「ちょっとしびれたみたいです。ずっと座っていたから」

思えば、東京にいるときは座布団の上に胡坐《あぐら》をかきながら作業なんて滅多にしない。デスクとチェアーだ。不慣れな環境と長時間の無理な姿勢のせいで疲労が蓄積しているのかもしれなかった。

「情けない限りです」

「いいえ。ゆっくりいきましょう」

その申し出は非常にありがたかった。

玄関のちょうど反対側の回り廊下を歩いていると、窓の外に黒い台形のシルエットが見えて僕は立ち止まった。外はもう暗くなっているが、その輪郭だけははっきり見える。

「ヨシエさん、あれがこしかけ山ですか？」

「ああ」と呟いて頷く。「ね。面白い形をしていますでしょう？」

確かに一般的に思い描く「山」の形とは少し違う。山頂部分がやや平らになっていて、てっぺんの三角がポロッと落ちてしまったかのような形である。

そして僕は納得した。

「確かにこしかけみたいですね」

「それが名前の由来なんですよ」ヨシエは再びゆっくり歩き始める。「本当の名称はわたくしも存じ上げませんが、この辺りの人間はみんな『こしかけ山』と呼びます」

あんな巨大なこしかけがあるなら、こしかける人はよほどの大男、ということになるな。などと考えているうちに、台所のような場所に到着した。

「ここがキッチンです」

機能的なシステムキッチンを中心に、高級そうな電子レンジや冷蔵庫、食器洗い乾燥機などが広々と配置されている。水森の家でも感じたことだが、ここが田舎の旧家であることを思わず忘れてしまいそうな近代的な空間だ。

「土間じゃないんですね」

ヨシエはクスリと笑った。

「もう時代は令和です」

「失礼しました」

キッチンの脇に後から増設したような新しい木製の扉が付いている。ここが家事代行や専属ドライバーなどのための休憩室となっているらしい。

中に通されると大きな木製のテーブルとダイニングチェア、壁掛けのテレヴィジョンなどが備え付けられている。こぢんまりとはしているが、まるで秘密基地のような隠れ家感があり、居心地はよさそうだ。

「お掛けになってお待ちください」

と促されるままに腰かけると、ヨシエはキッチンから瓶入りコーラを一本、グラスとともに持って来てくれた。

「ありがとうございます」

「お好きなんですね、コーラ」

「はい。飲むと気分がスッキリします」

グラスに注いだ黒い液体を一息に飲み干す。

やはり、美味い。

「ウチにはコーラのストックが何本もありますので、おかわりなどもお気軽にお申し付けください」

「咲良さんがお好きなんですよね」

「お嬢様は、一日に七、八本はお飲みになりますよ」

「し、七、八本」僕は驚く。「それは多い。糖尿になりそうです」

「ぜひ黒木様からもそのようにおっしゃっていただけませんか？　家の者で諫《いさ》めても一向にやめていただける気配もなく……」

家人が言ってもダメなものを赤の他人が言ったとしても、聞いてくれないのではないか。とも思ったが、ここではおとなしく「はい」と答えておいた。

「そういえば」ふと僕は思い出した。「ちょっと聞いてもいいですか」

「はい、わたくしでよろしければ」

「ヌカガミ、とは何だか分かりますか」

「はあ、ヌカガミ――？」ヨシエは首を傾げる。「ヌマカミ、ではなくて？」

「ええ、米ぬかやぬか喜びの『糠』に、上下の『上』で、ヌカガミ、です」

「ヌカガミ……」彼女はしばらくじっと考え込んでいたが、「存じませんわ」

「そうですか」

知らないのなら仕方ない。やはり水森や千絵、あるいは小杉あたりに聞いた方がよさそうだ。

「あ。それと」

僕がもう一つの疑問を口にしようとした時、休憩室の戸がギィ、と開いて大きな体つきの男が入ってきた。

彼には見覚えがあった。

「あ。あなたは昼間の」

現れたのは咲良と一緒にこしかけ山に入っていった——巻き沿えを食ってしまった手塚という男だった。昼間の騒動の時は座っていたので気付かなかったが、かなりの高身長だ。百八十センチは優に超えているだろう。

「手塚です。この八重垣家で、専属のドライバーとして働いています。——あ。ヨシエさん、お疲れさまでした」

「黒木鉄生です。よろしくお願いします」

お互い挨拶を終えると、手塚は僕のはす向かいの椅子にゆっくり腰かけた。

間近で見ると三十代後半か四十代くらいだろうか。昼に見た時はそのシルエットからもう少し若く見えたのだが、実際は僕よりも十くらい上だろう。

とにかくガタイが良い、という印象だ。

「黒木さんは、例の古文書を解読してくださっているんだとか」

「文字おこしをしているだけです」僕は答えた。「解読といえるほど突っ込んだことはしておりません」

ヘエ、と手塚は呟いた。「今日の進捗はどうですか？」

「ぼちぼちです」

「そうですか。村の大事な文化財かもしれません。よろしくお願いします」

「精進いたします」

「手塚君」と、ヨシエ。「今日はちょっと遅かったのね」

八重垣家に関係のある来客や家族・親族を送り迎えするのが彼の普段の仕事らしい。

「ああ、それが色々ありまして」

「昨日の事件のこと？」

「いや。それももちろんあるんだけど――」手塚は僕の方を見て少しだけ言いよどむ。「黒木さんがいるときに話すのもアレなんですが……」

「あ。お構いなく」

「――さっき巡回中の駐在さんに会ってさ」昨夜現場に駆け付けた若い警官のことだろうか。「どうやらね、鈴本《すずもと》さんちのケンちゃんが家に戻ってないらしいんですよ」

「あら。健三郎さんが？」

「彼も今日の午後、隣町の警察署に呼び出されていたはずなんですけど、昼の騒動のどさくさでどっかに行っちゃったみたいで」

昼の騒動、というのは咲良の一件だろうか。そういえば――僕は思い返してみる。確かに咲良が屋敷に連れ戻されたとき、健三郎の姿はなかった。水森と一緒にこしかけ山に入り、二人で咲良を連れ帰ったと聞いていたが――。

「ケンちゃんのことだから、どうせまたどっかで酔いつぶれているんだろ、って駐在さんは言っていましたけどね」

「でも心配ね、昨日光男君のことがあったばかりだし――」

「そうですね」

二人はため息をつく。二人のやりとりを見ていると、ヨシエと手塚の関係は良好で、気の置けない間柄であるようだった。僕は二杯目のコーラを飲み干しながらその様子を眺めていた。

※

水森が隣町から帰ってきたのは夜の八時を回ってからだった。

すっかり夜になってしまったので、栄蔵に挨拶をしたのちに、軽トラックで千絵の待つ家に帰る。言葉には出さないが、水森の表情からは少し疲れの色が見えていた。

「厄介なことになったよ――案の定だけど」

帰宅一番、水森は千絵にそうこぼした。

「光男君の事件のこと？」

「ああ、昼間の酔いがすっかり醒めちまった」

とりあえず話の前に夕食を、ということになり、千絵は作っておいたロールキャベツを温め直してくれた。食卓にはきれいに半月切りされたトマトも並んでいる。

「千絵さん、これもしかして」

「気付いた？　咲良が持ってきてくれたの」

どうやら咲良が東の畑で育てたトマトのようだ。確かにそんなことも言っていた。律儀な子である。

「黒木君、咲良に会ったんだって？」

「はい。会いました」

「あの子、変わった子でしょう？」

「変わった子」僕はピンとこない。「活発で、受け答えもしっかりできる利発な人でした」

千絵は意外そうな顔をする。

「すごい。高評価。一日で見抜いたの？」やはり気付いている人間は少ないのかもしれない。「咲良は実は、ものすごく賢い子なの。私なんかよりずっと。洞察力や観察眼があってね、なくしものなんかもすぐ見つけちゃったりするのよ」

僕は頷いた。

「明日、村を案内してもらえることになりました」

「一日でずいぶん気に入られたのね」

「そうなんですかね。よく分かりません」

「あの子、興味のない相手にはものすごく無愛想なのよ？」

意外な気がしたが、実の姉が言うのだからきっとそういう一面もあるのだろう。

すすめられるまま、トマトを一切れ口に運ぶ。途端に瑞々しい食感と酸味が口の中に広がる。美味しい。一瞬で都会のスーパーで売っているトマトと全く違うことが理解できるほどである。

「このトマト、とても美味しいですね」

「でしょ？　咲良の育てる野菜はどういうわけか美味しく実るのよねえ」

隣の部屋で着替えていた水森も戻ってきた。

「お。今日はロールキャベツじゃないか」食卓を見て少しだけ表情が明るくなった。「黒木、千絵の作るロールキャベツは絶品だぞ」

どうやら水森が胃袋をつかまれた、というのは本当のようだ。

僕は改めて「いただきます」と言い直し、少し遅めの晩御飯をいただいた。

コンソメスープに浮かぶロールキャベツを取って一つ口に運ぶ。その瞬間、肉と野菜のうま味が口の中いっぱいに広がる。

水森の言は決して過大評価ではなく、ロールキャベツはたまらなく美味だった。

「お店で食べるよりも美味しいです」

「あら。お世辞でも嬉しいわ」

「お世辞なんか言えないタイプだからな黒木は」水森はそう言って笑った。「本音だよ」

一人暮らしで大半がコンビニ飯、という食生活を送っている僕にとって、この村での生活は非常に有意義なものだった。美味しい食事、澄んだ水。出会う人たちの人柄もいい。こんな環境にあと二日にいたら、僕はどうなってしまうのだろう。

洟《はな》を啜る。

ああ、それにしても、花粉さえ、飛んでいなければ……。

水森と千絵と三人で食卓を囲みながら、いつの間にか今日の出来事の報告会が始まった。

「なあ黒木」最初に口を開いたのは水森である。「例の古文書の方は順調か。小杉さんはおしゃべりだから、お前の邪魔になってないか心配だったんだ」

「そんなことないよ」言われてみればよく喋る人ではあったが。「進捗状況は、ぼちぼちといったところ」

「何か面白いことあった？」

僕は口に運んだものをすべて飲み込んでから答えた。

「面白いかどうかは分からないけど、どうにも不思議なことはあったよ」

「へえ、なになに？」

千絵も興味を示してきた。

彼らにも聞いてみるべきだろう。

「沼神神社の『沼神』という呼称は、どうも最近になってつけられたものみたいなんです」

「えっ、そうなの」

水森夫婦は顔を見合わせた。

「はい」僕はいったん箸をおいて今日読んだ古文書の一部分を誦《そら》じた。「——という風に書かれていて、江戸時代辺りまで、こしかけ山一帯は『ヌカガミ』と呼ばれていたようなんです」

僕は胸ポケットから小型のノートを取り出し、そこに『糠上』と記した。

夫婦そろって呆気にとられたような顔をしている。

「ん。それほど衝撃的な内容だった？」

「いや、そうじゃなくて」水森が頭を掻きながら言う。「黒木お前、まさか沼神文書ぜんぶ暗記してんのかよ」

「まさか。全部ではないよ。一部だけ」

「すごい……さすがハカセだわ」

「すごいですか」僕にはよく分からなかった。「ところがですね。八重垣家に代々仕えているヨシエさんも、そのことを知らなかったみたいなんです」

「生まれた時からずっとここに住んでいる私でも知らなかったもの」千絵はそう言って腕を組んだ。「お父さんからも、タケジさんや小杉さんからもそんな話聞いたことないよ」

「とすればますます妙です」僕は続ける。「皆さんがご存じないとすれば、あの文書の内容は間違っているか、意図的に嘘が書かれている、ということになってしまいます。『沼』と『糠』——文字自体が全く異なるので、単純な誤字とも考えにくいです」

「いやいや待てよ」と水森。「ひょっとしたら、記録に残ってないからみんな知らないだけで、普通に呼び名が変わっていったのかも知れないぞ？　ほら、大阪だって昔は『大坂』と書いていたっていうし、各地の地名なんて明治以降につけられたものもたくさんあるじゃないか」

僕は少しだけ考えて言う。

「個人的な意見だけど、それは考えにくいよ。何百年も前のことならともかく、ほんの二百年ちょっと前の時代から、地名が完全に書き換えられて、しかもその痕跡が一切残っておらず、地元の人間の記憶からも完全に消えてしまうとは——」

「——確かに、考えづらい、か」

「そう僕は思う」

「なぜ文書は、嘘を記しているのか、だな」

「もしくは、どうしてそんな間違いを犯してしまったのか、だね」

「まあ、俺たちだけじゃ分からないこともある。明日、小杉さんやお義父さんにも聞いてみるとしよう」

水森はそう呟いて千絵の作ったなめこの入ったみそ汁を啜った。

僕も啜る。美味い。

「志紀君の方はどうだったの？　昨日の事件のこと、聞かれたんでしょ？」

「ああ、ったく、警察っていうのは、面倒なもんだな」

水森は隣町の警察署で聞かれたことなどを愚痴交じりに話し始めた。

「黒木も見てたから分かると思うが、光男君は心臓に刃物を一突きされて、間違いなく殺されていた。――お前の言う通り殺人事件だったわけだ。犯行現場もセイタカ様の足元で間違いないそうだ。警察も動き出して捜査中だが、未だ犯人が捕まったっていう話にはなっていないみたいだぜ」

「やっぱり殺人事件なんだ」

想定していたとはいえ、その言葉にはまったくリアリティを感じなかった。

あの遺体にも、生々しさを感じられなかった。

「犯人に関する情報についてはさすがに教えてくれなかったが、あの調子じゃあまだ目星もついてないんじゃないかと思う。アイツらもなんだか歯切れ悪くてさ。んで、俺がこの辺りの土地の問題や島田の家の話をポロッと言っちまったもんだから、そこから根掘り葉掘り――」

どうやら事情聴取という形で、村のことについてあれやこれやと答えることになってしまったようである。水森も水森で頼られれば協力を惜しまない性分であるため、適当に濁すこともできず、警察署でたっぷり話をしてきてしまったのだろう。

なるほど、疲れるはずだ。

「お疲れ様だ。早く捕まるといいね」

「まあ、狭い村での出来事だ。解決は時間の問題だろ」

楽観的な発言だが、彼の表情は楽観的なソレではなかった。僕も同じ気分だった。

「でもさ、妙だよね」

「――何が？」

「凶器も見つかっているし、あれだけひらけた場所での事件でしょ？　まだ犯人の目星もつけられないって、どうしてそんなに捜査が難航しているんだろう」

「さあな。俺たち素人にはさっぱり分からねえよ」

水森は頭をかきながらあきらめたように言った。

「ねえ、志紀君」心配そうに声をあげたのは千絵だ。「実はちょっと心配なことがあるんだけどさ」

「心配なこと？」

「うん。咲良は関係ないよね、ってこと」

どういうことだろう。僕は首を傾げる。水森はああ、と言って宙を見る。

「咲良さん」僕は尋ねる。「咲良さんは、光男さんと知り合いなのですか？」

「そのあたりはちょっと込み入った話になるんだが」

どうにも歯切れが悪い。

「咲良ね」千絵が先に口を開いた。「もう村のみんなは知っていることなんだけどね……光男君に、しつこく言い寄られていたみたいなの」

「言い寄られていた」

「つまりね、一方的に好意を持たれて、付きまとわれていたってこと」

「ああ、なるほど……」

僕は咲良の容姿を思い出す。綺麗に伸びた黒い髪と、整った目鼻立ち。人の容姿の良し悪しをあまり気に留めない僕が『美人』であると認識できるほどの美人。まだ年若いとはいえ、確かに男性たちが放ってはおかないというのは分かる気がした。

「モテそうですもんね」

「モテるなんてもんじゃないよ、あの子」千絵は綺麗に染められている前髪をかき上げながら言った。「関わったすべての人間が彼女のことを好きになっちゃう、なんて言っても言い過ぎにはならないくらい。今までも言い寄ってきた村の男子は一人や二人じゃないもの」

「そうなんですか」

「あの子の学校は隣町にある県立高校なんだけど、クラスのほぼ全員が咲良と付き合いたいって思っている——なんて噂もあるくらい」

突拍子もない話だが、彼女の場合それもありうるのでは、と思った。

「でもしかし、咲良ちゃんが事件にかかわっているとは考えにくいな」と水森は断言した。

「一日中手塚さんやヨシエさん……誰かしらがついているはずだし、なによりあの子はそういうこととは無縁の子だと思うよ」

千絵はほっと胸を撫でおろす。

「それもそうよね」

「そうでなきゃ困る。この狭い田舎で名家同士のもめ事ほど厄介なものはないからな」

何とか穏便に解決してくれなきゃ困るよ、と水森はため息交じりに言った。

「ねえ水森君」僕は別の疑問を抱いていた。「犯行現場は、どうしてセイタカ様の足元だったのかな」

瞬間、水森も千絵もキョトンとする。

「なんで、って——そういえばなんでなんだろうな」

その発想はなかった、というような顔だ。

「もし犯人が光男さんを呼び出して殺害したのだとすれば、あの場所は人目につきすぎないかな」

「そうかもしれないな」

「屋外で刃物を持って犯行に及んでいる以上、明確に殺意があった、ということだよね。突発的な殺人じゃなく」

わざわざ人目につきやすい場所を選ぶ理由とは、一体なんだろうか。

「――計画的殺人、ってわけか」水森は苦虫を噛みつぶしたような顔をしている。「だとしたらますますまずいな」

「まずい？」

どうやら水森は別の問題に気が付いたらしい。

「敏男さんが、八重垣の人間を疑っているらしいんだ」

敏男さん――確か市議会議員をしている島田光男の父親の名前である。昨夜、事件現場に狼狽しながら現れた初老の男を思い出す。

「どうして？」

「そもそもウチ《八重垣》とアチラ《島田》は、この土地の利権をめぐって何度もトラブルになっているんだ」

「利権」

「ああ。ウチの土地がどうしても欲しい島田と、先祖からの土地を絶対に守りたい親父さん。過去に何度か交渉の席は設けられたんだが、ことごとく喧嘩別れになっている、って話だ」

川の向こうとこちらは犬猿の仲、とは昨夜も聞いた気がするが、そんな背景があったのか。

「でもだからと言って、そのことが次男の光男さんを殺害する動機にはならないんじゃない？」

「冷静に考えればそうだ。でもな、息子を失ったばかりの敏男さんに正常な判断なんてできるわけがない。そうだろ。同情はするぜ。とにかく発狂寸前の状態で、『光男は八重垣に殺された！』と触れ回っているらしいぜ」

「発狂……」壮絶である。「逆恨みもいいところだね」

実際に付きまとっていたのは光男の方であり、迷惑を被っていたのは咲良の方であるはずなのだ。

「そうだな。でも敏男さんとしては、光男君を咲良ちゃんと結婚させることによって、八重垣の土地を切り取ろうと考えている――なんて噂もあって。そこへきて光男君が計画的に殺されたとなると……」

それは確かに、島田敏男は怒り狂うかもしれない。

水森は憂鬱な表情を浮かべる。

「マジで、厄介なことになったよ……」

「ねえ二人とも？」千絵が割って入ってくる。「私から話を切り出しといてアレなんだけどさ、御飯中に殺人とか逆恨みとか……そういう話はやめない？　せっかくの料理が楽しめなくなっちゃう」

料理の味は相変わらず美味だったが、そういうことではなく気分的な問題だろう。水森もそれもそうだなと息を吐いて、再びロールキャベツを頬張り始めた。

僕は考えていた。

敏男が欲しているという川のこちら側の土地。一体どんな魅力があるのだろう。どんな利益を得られるのだろう。この土地を手に入れて、島田家は何がしたいのだろう。

広大な農地なのか、それとも文化財？

僕の知らない、大きなメリットがあるのだとすれば。

ソレはなんだろう？

——いや。考えても詮無いことだ。と、少し考えて結論付けた。事件のことは警察に任せればそれでいいし、僕にはあまり関係のないことだ。

そんなことよりも――僕はすぐさま脳のチャンネルを切り替える。沼神文書の解読という仕事が残っているのだ。やるべきことをきっちりやる。それだけのことだ。

明日も朝が早いことだし、早くシャワーを借りて休ませてもらおう。寝不足は何よりも作業効率の低下につながる。

僕は残りの御飯を平らげると、

「ごちそうさまでした。とても美味しゅうございました」

と頭を下げ、そそくさと食器を片付けた。

三日目

カーテンから差す陽光で目が覚める。今日も晴天である。

人間の身体というのは不思議なもので、東京を離れて二日を経ただけなのに、時間になるときっちり腹が減るようになってしまった。これが人間の順応性というものだろうか。

千絵の用意してくれた朝食を食べ終えると、まずは水森が家を出ていった。間もなく稲刈りの時期になるため、その日取りや段取りを決めておかなくてはならないらしい。

とはいえ、最近はコンピュータを使って田畑を管理しているそうだ。

曰く、「年寄りには直接言い聞かせねえとだめなんだ」だそうである。

着替えや洗顔を済ませているうちに、インターフォンが鳴らされる。

「咲良が来たみたいよ」

僕は千絵に出発の挨拶をして玄関に向かった。

玄関を開けると、昨日と同じセーラー服を着た少女が立っていた。僕を認めると快活そうな笑顔で迎えてくれた。

「おはよう黒木君。よく眠れた？」

「おはようございます。快眠でした」

昨日は屋内で、しかも座ったままでのやりとりしかなかったため分からなかったのだが、彼女は思っていたよりも身長が高い。立って並ぶと僕よりも高身長かもしれない。

相変わらずの綺麗な瞳をくるくるさせている。

「今日もセーラー服なんですか」

「うん。毎日服を選ぶのがだるくて！　あと、楽なの」

「そうなんですね」

少し分かる気がした。僕も着慣れたシャツとジーンズがなんだかんだ楽で、同じ服をひたすらローテーションしてしまう。

「今日はよろしくお願いします」

僕は頭を下げる。

「ねえ黒木君は歩くのへーきな人？」

「歩くのは嫌いではありません」

「よかったー」黒髪が弾む。「ほら、都会の人って、あんまり運動しないんでしょ？　田植えもないし、足腰も弱いって、じーじが」

「じーじさん」

「死んじゃった祖父ちゃんのこと！」

「おそらくですが、それは都会の人に対する偏見です」

僕は理解した。

「え。そうなん？」

咲良は心底意外そうに目をぱちくりさせる。

「思っているよりも、東京の人間はよく歩きます。僕も、たまに一駅分くらいは歩いてしまうことがあります」

「え！」少女は目をむいて固まった。「嘘でしょ、一駅分……？」

「ああ」僕は察した。「東京の一駅分は、とても近いんですよ」

へえ、そうなんだあ、しらんかったあ――と、咲良は頻りに感心している。

「東京へは、一度も？」

「うん、行ったことないよー？」と、一点の曇りもないスマイル。「特に用がないなら行く必要も感じないからね。――じゃ、そろそろ行こうか。歩きでいいよね！」

「はい、大丈夫です」

ここに来てから車の移動が多かったが、せっかくの晴天である。僕は仕事用の道具が一式詰まったリュックサックを背負って咲良の後を歩き出した。

水森の住むこの村の田園風景は長閑で、どこか新潟の故郷を思い出す。懐かしさと、新鮮さが入り混じった風の匂い。東京に住んで十年を超えるが、どうしてもこういう風景の方に愛着を感じてしまう。

「まずはね、おびき川に行こうと思う」

「おびき川」その名前には聞き覚えがあった。「村の境界にある川ですね」

「さすがはハカセ、もう知ってたかァ」

市議会議員の島田敏男が所有する土地と、八重垣の土地とを区切る川——僕はわずかに不安を覚える。

「今日は手塚さんは？」

「別にあたし、毎日手塚君と一緒なわけじゃないよ？」

「あ。ちがうんですか」

「パパが心配性だから、たまに監視役としてあてがわれちゃうだけ！　可哀そうよね、手塚君も。本職はドライバーさんなのにね。あたしだってもう十八になるんだしさ」ぶつぶつと愚痴るように言う。「でも今日は黒木君と一緒だから大丈夫！　って言っておいたから大丈夫だよ！」

それは本当に大丈夫だと思われているのだろうか。

「でも」僕の懸念は別のところにもあった。「今島田さんの土地の方に行くのは、その、なんというか」

「ああ」咲良は思い出した、という風に顎を軽く持ち上げる。「光男さんのことね。彼、可哀想だったよね」

「はい」

「なんで死んじゃったのかな。パパや小杉さんがサツジンだとかなんとか言っていた気がするけどさ。本当に殺されちゃったのかな。殺すことないじゃんね」そう言って口を尖らす。

「ひどいことするよね」

その様子からは、悲哀であったり恐怖であったりといった感情が一切感じられなかった。いや、僕がそういう感情に疎いだけなのかもしれないが——咲良からは、ひたすらに光男への『同情』と『憐憫』しか発せられていなかった。

ドライに感じるものの、ひょっとしたら、令和の高校生はこんなものなのだろうか。

「あたしね、光男さんに確かにアレされてたよ、ええっと、あの、ああ……プレ、じゃなくてプロ、プロ——」

「プロポーズ、ですか？」

「ソレ！」先を歩きながら彼女は僕の方を振り向いた。「確かにプロポーズをされてたし、何度も何度も結婚の話をされるからちょっと面倒だなって思ってはいたけど、別に光男さんのことは嫌いじゃなかったよ？」

だから疑われるような筋合いはない、ということだろうか。

「たとえそうだとしても、自分からトラブルの火種に近づくことはないのでは？」

「黒木君も心配性だねえ」

「咲良さんが楽観的なだけでは？」

「アハハ、そうなのかな」咲良は嬉しそうにころころと笑う。『でも本当に、あずま橋を渡らなければ大丈夫だと思うよ！」

「あずま橋」

「そ。あずま橋。おびき川に架かってる大きい橋だよ」

「橋が架かっていたんですね」

「何言ってるの？」咲良はさらに笑う。「橋が架かってなきゃムコウとコッチの行き来ができないじゃん！　黒木君、本当に面白いね！」

「無知を晒《さら》してしまいました。お恥ずかしい限りです」

よく考えれば当たり前の話である。

「光男さんの家とウチとの間でもめ事が起こってたのは知ってるけど、でもそれはあくまでパパと敏男おじさんの問題じゃん？　だからあんまり気にしなくても良いと思う」

「そういうものですか」

「まあでも面倒はイヤだもんね。ちょっと脇道から行こう！」

咲良は、しばらく進んだ先にある少し坂になった側道に入っていった。僕もそれを追う。

木の生い茂った小高い丘といった場所だった。向かっていた東の方角から少し北に逸れた形になるが、僕らはその坂道を上り続ける。コンクリートで舗装された道とはいえ、徐々に傾斜がつらくなってくる。

「この道はなんのためにあるんですか」

「お。黒木君、意外と平気そうだね」

「そうですか」顔には出ないだけで実際はなかなかにしんどい。「どのくらい上れば？」

「あと少しだよ！　ファイト！」

丘の中腹辺りに駐車場のような場所が現れた。僕は荒くなる呼吸を整えるべく深呼吸をする。

「ここいらはね、葛城さん家の酒蔵があるんだよ」

「酒蔵」

「うん、葛城さんは昔から村で造り酒屋を営んでるよ。地酒、ってやつ？　ここに停めてある自動車は、葛城酒造の従業員さんの車なんだ」

「なるほど」

「ウチでは酒米も育ててるからねー。そのお米で作ったお酒だからきっと美味しいと思うよ！　黒木君、お酒は飲める？」

「僕は下戸です。一滴も飲めません」

「えッ、そうなの？　残念だね」

「あまり残念だと思ったことはありません」

「へえ、そうなんだ。大人なのに。やっぱり黒木君面白い」咲良はくすくすと笑う。「ここから、おびき川が見えるよ」

少女が指さす方を見ると、パッと視界が開けた。丘の上の駐車場からちょうど見下ろす形になった川は、想像よりもはるかに大きく、雄大に、僕らの下を流れていた。

「これがおびき川ですか」

「そう、おびき川。治水工事で今はまっすぐに流れてるんだけど、昔はものすごく蛇行してたらしいよ」

「これだけ大きいと、水害もひどかったでしょうね」

僕は千絵から聞いたセイタカ様の言い伝えを思い出していた。

「うん、ばーばもよく言ってた。この土地は洪水が多くて、昔は大変だったんだって」千絵も祖母から聞いたと言っていた気がする。「でもね、おかげでいいこともあったんだよ」

「いいこと、ですか」

僕は首を傾げる。洪水になっていいことなんてあるのだろうか。

「おびき川はね」咲良は向かって左側——川の上流の方を指さす。「あっちの山から流れてくる栄養分が豊富に含まれているの」

「山からの栄養？」

「そうだよ。山と川はね、深く繋がってるんだよ。それでね、洪水が起きるたびに、山からの栄養が村の土に染み込むの」

なるほど——僕は感心した。

「今は肥料や客土《きゃくど》のおかげで稲の発育は格段に良くなってるけど、昔は洪水も神様からの恩恵って、みんな思ってたんだと思う。だから、あたしたちにとってこのおびき川はとっても大切な川なんだよ」

「詳しいんですね」

咲良は一瞬キョトンとした表情を浮かべたが、すぐにアハハと笑い飛ばした。

「この村に住んでればみーんな知っとることと——ん。あれ？」

何かに気が付いたように真顔に戻った咲良は、高台から下界にじっと目を凝らしている。

視線の先を追うと、僕たちが歩いてきた道の方へ二台のパトカーが走っていくのが見えた。

サイレンこそ鳴らしてはいないが、純粋なパトロールにしては仰々しい。

「お巡りさんだ」

「そうですね」

「県警、って書いてある？」

「ですね」

「何かあったのかな。光男さんのこととか」

「犯人が見つかったのかもしれませんね」

「だといいけど」

その時ふと、咲良の表情が妙に明るいことに気が付いた。

※

次に向かったのはセイタカ様のある畦道である。これは僕がリクエストをしたのだ。

「黒木君、一昨日行ったんじゃないの？」

「あの時は夜だったので暗かったんです」僕は答えた。「だから、明るい時間のセイタカ様も見てみたいです」

「ふうん。分かった」

死体は片付けられているとはいえ、殺人現場である。さすがに断られるかと思ったが、いともあっさり承諾してくれた。

風の心地よい畦道を西に向かって進んでいく。咲良は僕よりも活発に動き回る印象だったが、歩くときは非常にのんびりとしている。ひょっとしたら都会者の僕に合わせようとしているのかも知れないが、そのスピードがなんとも心地よかったので特に何も言うことはなかった。

　代わりに僕は尋ねる。

「咲良さんは、この村から出ていきたい、と思ったことはないんですか？」

「出てく？　なんで？」

　咲良はどうしてそんなことを聞かれるのか分からない、というような表情で顎に人差し指を当てる。

「都会の生活にあこがれる、とか」

「こんな田舎、もういやだ！　とか？」

「とかです」

「アハハ、考えたこともないよ！　あたし、この村がすき」十八歳になる少女からの言葉とは思えないほど、ストレートに入ってくる言葉だった。「お姉ちゃんはこの村嫌いって言っていたけどね」

　確かに千絵はそんなことを言っていた。

「だけどね。結局この村に戻ってきたでしょ？　お姉ちゃん」

「そうですね」

「あたしたちはね、土や水から離れては生きていけないの」

そう言って少女は僕の方を振り返った。

ふわり、と真っ黒な髪が舞い上がる。栗色の瞳がじっと僕を見つめる。

僕はその瞬間、自分の意思とは関係なく、体が動きを止めてしまった。

こんな至近距離で、女性と目を合わせた経験が、僕にはなかった。いや、男性とだってないだろう。日本人は、人と目を合わせることを避ける人種である、と聞いたことがある。にらめっこ、という遊びが成立するのは、人と「目」を合わせることに抵抗を覚える性質が、日本人には備わっているからだ、と何かの本で読んだ記憶がある。

しかしこの時僕は、彼女から僅かほども目を逸らすことができなかった。

文学的な表現を使うのなら——吸い込まれそうになった、とでもいうのだろうか。

引力のようなものが、彼女の大きな瞳には宿っている。そんな気がしてしまうほど、僕は彼女の視線から逃れることはできなかった。

理解の及ばない力に拘束されている。僕の脳が危険信号を鳴らしている。このままではいけない。意識の底に身体ごと沈んでしまう。

早く、早く　目を、　目　を　逸　ら　さ　な
「——黒木君？　どうしたの？」

その声で、意識は急速に此岸に引き戻された。急に歩みを止めた僕を不思議そうに覗き込んでくる咲良から、慌てて視線を逸らす。

「あ。いえ、大丈夫です。ちょっと」僕はとっさに言い訳を考える。「――考え事を、してました」

咲良はふうん、とあまり興味もなさそうに再び歩き始める。

なんだったのだろう。キツネにつままれたかのような気分になった。

僕は軽くもたつきながら彼女の少し後ろをついて歩く。

「あ。ほら、見えてきたよ」

咲良が前方を指さす。縦に長いお堂のような建屋。隙間からはセイタカ様の横顔が確認できる。

どういう理屈かは分からないが、一昨日の夜に見た時よりも、一回り大きく感じる。遠景も一緒に見えるからであろうか。近づけば近づくほどその感覚は確かなものになる。

「やっぱり、とても大きいですね」僕たちはセイタカ様の正面に並んで立った。「先日見た時は暗かったので、正直よく見えていませんでした」

「あたしにとってのお地蔵さんってこれなんだ。村の外のお地蔵さんってこんなちっちゃいんでしょ？」

咲良は左右の手を縦に開いて示した。

「それはきっと大きいほうです」

「え。そうなの？」

彼女は愉快そうに言った。

屋根のせいで陰になってはいるが、セイタカ様の表情ははっきりと見えた。思ったよりも険しい顔をしているような気がする。地蔵菩薩と言えば、穏やかな表情で人々を見守っている——というイメージがあるのだが、セイタカ様はどことなく精悍な顔つきをしているように見える。

一昨日の夜、セイタカ様の傍らには島田光男の死体が転がっていた。そちらばかりに気を取られて、地蔵本体に目がいかなかったのは事実だ。

僕はじっとセイタカ様の姿を観察した。

「顔が凛々しいですね」率直に感想を述べてみた。「なんというか、お地蔵様って感じがしません」

「イケメンよね」咲良も嬉しそうに同調する。「セイタカ様の容姿について言及する人に初めて会ったわ。あたしもずっとそう思ってたんよ」

「洪水を抑え込むんですよね」

千絵に聞いたことを思い出す。

「詳しいね！」咲良が声を弾ませる。「そういう大雨や大水のような災害が起きるとね、セイタカ様が喋り出す、っていう言い伝えもあるんだよ！」

「喋り出す」僕は目をむいた。「声が出せるんですか、このお地蔵様」

咲良はころころと笑う。

「あくまで言い伝えだよ！　あたしが子供の頃なんかは、夜中に歩き出す、なんていう怪談話も流行ったんだから」

学校の七不思議などによくあった走る二宮金次郎像のようなものだろうか。僕は暗闇の中でおもむろに歩き出すセイタカ様を思い浮かべた。ウン、それはこわい。

ふと車のエンジン音が聞こえた気がして音のする方に目をやる。

いくつかの民家と、ひときわ大きな屋敷――八重垣の本家屋敷が遠く目に入ってきた。

「ここは見晴らしのいい場所ですね」

「うん！　こしかけ山も、おびき川の方もよく見えるよ！」

くるくる回転しながら咲良が言う。確かに、セイタカ様の高さならそちらの方まで見通せるに違いない。

セイタカ様は、ずっと村の人々の暮らしを見守ってきたのだろう。

しかしそこで僕は再び小さな引っ掛かりを覚える。

「セイタカ様はやや南の方角を向いているんですね」

「そうだね」

「でも――」

「あ」僕が続けようとするのを遮るように、咲良は本家屋敷の方を指さした。「あれ、さっきのパトカー？」

先ほどおびき川付近で見たパトカーが、八重垣の家の前の道に停められている。

「栄蔵さんに何か用なんですかね」

「んー。確かに警察の人もたまに来るよ」

「八重垣の本家にですか」

「うん！　まあ、狭い村だし、この村で何か事件があると大抵の場合は協力を依頼されるみたいなんよね」

「事件」

「そ。光男さんのこともそうだけど――」咲良はまた人差し指を顎に当てる。「白骨死体が見つかった時も、パパと小杉さんが呼ばれてた気がする」

「白骨死体」その言葉を、僕は水森から聞いた気がする。「べったん湖で見つかったんでしたよね」

「そうそう。厳密に言うと、こしかけ山に埋められていた白骨死体が、土砂崩れの影響で湖に流れ込んじゃったんだけど――」

僕はふと気になった。

「その白骨は、一体誰のものだったんでしょうか」

え、知らないの？　と咲良は意外そうに言った。

「志紀君なんかがもう話してると思ってたよ」

「あまり興味がなくて聞かなかったんです」僕は正直に白状した。「でも今はこの村のことに少し興味が湧いてきました。ぜひ教えてください」

「なるほどね。先月の台風は久しぶりのビッグ・ニュースで、テレビの人なんかもたくさん取材に来てたから、結構有名な話だと思うんだけど」咲良はそう前置きをした。「見つかった白骨死体はね、ものすごく状態のいい大昔の人骨だったの」

「大昔の？」

「えっと……たしか、室町時代くらい？　最初はね、この十年くらいで殺害されて埋められたもの――つまり、最近起こった殺人事件の被害者だろうって言われてたのよ」

「十年前と室町時代」単純計算で七〇〇～四〇〇年前くらいだ。「差が大きいですね。誤差の範囲を超えている気がします」

「やっぱり黒木君はそっちに反応するのね」咲良は笑う。「普通の人は殺人事件の方がびっくりするんじゃないかな」

言われてみればそうなのかもしれない。

「他殺体だったということですか」

「うん。白骨死体はね、首が斬り落とされていたの」

「首!」

「うん、首なし死体」

田舎の村において、それは衝撃的なニュースであっただろう。

「最初はみんながみんな最近のものだって勘違いするくらいに白骨の状態が良かったのよ。警察も猟奇的な殺人事件として捜査を始めようとしてたんだけどね」

いまいちピンとこない。

「どうしてそんなに状態が良かったのでしょうか」

二、三十年の誤差ならともかく、数百年単位で死体の年代を見誤ることなんてあるのだろうか。

「んー、あたしも詳しくは知らないんだけどね。あのこしかけ山って、大昔は貝塚だったらしいの」

「貝塚」

その言葉を耳にするのは高校の日本史以来である。

「そ。それでね、貝殻の化石からカルシウムが土に溶け出して、その影響で骨が劣化せず、ぼろぼろになりにくくなってたんだって話だよ。びっくりだよね」

「そんなことがあるんですね。驚きです」

「この辺りはちょっと内陸だから、貝塚があることにもびっくりだよね。アガシラ様が運んできたのかも知れないね」

身体がその単語に反応した。

「アガシラ様」

「そうそう。村に伝わる赤い顔の伝説の巨人。アカいカシラだから、アカガシラ。で、縮まって『アガシラ』。ばーばが教えてくれた」

「巨人がいたんですか？」

咲良は悪戯っぽく微笑む。

「だいだらぼっち、っていうの？　そういう名前の巨人だって、前に村に来た人が言ってた気がする」

「だいだらぼっち」

そんな名前の妖怪がいたような気もする。

「ねえ黒木君、こしかけ山、ってどういう意味だと思う？」

「こしかけ――」僕は昨夜見た山のシルエットを思い出す。「大きな腰かけ……椅子に見えます」

「さすがね。じゃあべったん湖は？」

「べったん、べったん。足音ですかね――あ」僕は気が付いた。「そういうことか」

あの小さな湖は、こしかけ山に腰かけた巨人の足跡なのか。

「そう、その巨人のこと、村の人はアガシラ様っていうんだ」

「なるほど」

僕は巨大な身体をした『アガシラ様』が、ゆっくりとこしかけ山に腰を下ろし、大袋に詰めて持ってきた貝をパクパク食べている姿を想像した。なんとも愛嬌のある姿ではないか。

「伝説の巨人が貝をたくさん食べた結果、山がカルシウムでいっぱいになって、白骨死体の腐食を防いだ。そういうことですね」

「あくまでも伝承だけどね。ああ、これもばーばが言ってたんだけど、セイタカ様も、アガシラ様の伝承がモデルになってるんだって。ちょっと面白いよね」

「面白いと思います」

「このあたりの人たちはね、セイタカ様が村の実りを守ってくれるって信じてるの。だから、みんなでセイタカ様にお祈りをするんよ」

「お祈り」

「うん！　今年もいっぱい収穫できますように！　って」

「咲良さんは本当にいろんなことを知っていますね」

僕は感心した。

「あたし、みんなとお話しするの、好きだから！」

そういえば、結局、その白骨死体の身元は分かったのだろうか——。

尋ねようとした矢先、咲良は僕に言った。

「さて、お次はべったん湖まで行ってみよう！」

※

時刻は昼の十二時を回ろうとしていた。

僕らは屋敷の脇道を抜け、裏手にある小さな公園のような場所にたどり着いた。

公園と言っても遊具があるわけではない、ただ低い柵や防風林で囲まれた数百平方メートル程度の空間である。

空間の中央には直径数十メートル程の小さな池があった。こしかけ山の方から大量の土砂が流れ込んできた——という風に聞いていたが、そのほとんどはもう片付けられており、土砂の方も、既に水中から陸地に引き上げられているようだった。

現場にはまだ数人の作業員たちが土砂の片付け作業をしていた。作業着に身を包んだ男たちと、おそらく村の農家の人々が、和気あいあいと雑談しながら土砂をトラックで運び出している。

「昨日と比べてもだいぶ片付いたなあ」咲良は感心した素振りで、腕組みをしながらうんうんと頷いた。「この調子なら、あと一週間あれば綺麗になりそう」

僕は立ち入り禁止のテープが張ってあるギリギリの場所まで歩いていって池の中を覗き込んだ。

当然ながら、水は土色に濁っている。近くの岩は苔むしているが、それ以外に生物の気配も感じられない。ぐるりと周囲を見回してみて、僕は納得した。

「確かに、人間の足跡のような形をしていますね」

「アガシラ様の足がこんなに大きかったら実際はどれだけ大きいんだろうね」

「白骨死体と『沼神文書』が見つかったのが、このべったん湖周辺なんですよね」

「うん、べったん湖に流れ込んだ土砂の中に紛れ込んでたんだよ」

咲良が指さした先を見る。すると、こしかけ山の斜面の一部が、抉《えぐ》れるような形でむき出しの土になっているのが分かる。おそらくその部分が、こちら側に流れ込んできたのだろう。

「よく屋敷の方は無事でしたね」

「それあたしも思った」咲良は口をへの字に曲げた。「すごい音が鳴り響いてね。台風もすごい勢いだったし、世界が終わっちゃうのかと思ったよ」

「世界が」

「うん、きっとこの国は、神様の逆鱗に触れちゃって、それであたしたちを滅ぼしにかかってきているんだ！　って、あの時は本気で思ってたんだよ」

「逆鱗――」僕は少し考える。「一体僕たちは、どんな悪いことをしてしまったんでしょうか」

「さあ、あたしは神様じゃないから分からないけど。お金や名声のために、人をだましたり殺し合ったり、あまつさえ戦争になったりしてたからかな」

つまりあの台風は、神の祟《たた》りだった、ということか。

僕は考える。

ノアの大洪水の話にもあるように、汚れた地球を一度『洗い流す』意味で、大雨や大風が登場してくるエピソードは、神話によくある話のような気がする。実際、『水に流す』に代表されるように、日本人には都合の悪いものや過去の罪を洗い流してなかったことにする文化があるように思う。日本人が異様に風呂好きなのも、何か関係があるかもしれない。

取り留めのないことを考えていると、作業をしていた男の一人に目が留まった。見覚えのある初老の男。あれは確か――

「タケジさん！」

咲良も初老の男に気付いて、大きな声を出して手を振った。

ちょうど池の反対側でヘルメットをかぶって土砂を運び出す作業していた男は、一昨日、光男の殺害現場に居合わせた『タケジさん』だった。向こうもこちらに気付いたようで、手を振り返してくる。

「あの人はね、タケジさん。自治会の会長さんなんだよ。あたしも小さい頃からずっとお世話になってる」

「あの方なら、一昨日会いましたよ」

一昨日、という言葉で咲良は察したようだ。

「そっか、タケジさんもいたのね」

「はい。お会いしました」

咲良はキョロキョロと周囲を見回した。

「――アレ？　おかしいな。今日はケンちゃんの姿が見えない……」

ああ、と僕は思い出す。確か昨夜、ケンちゃんが家に帰っていないと手塚が言っていた気がする。結局彼は無事に家に帰り着いたのだろうか。手塚の言う通りどこかで酔いつぶれていたのだとしたら、まだ家で眠っているのかもしれない。

「ケンちゃん、というのは、お友達なんですか」

「鈴本さんところのお兄さん。小さい頃からお世話になっているんだよ」

「なるほど」

僕は公園内をゆっくり歩きながら、ところどころ瓦礫の山になっているところまでたどり着いていた。これが土砂で流されてしまった『物置小屋』の残骸らしい。

「この物置小屋には、あの古文書以外に何か眠ってたんですか」

僕は尋ねた。

「めぼしいものは特に何も。お祭りで使うのぼりとか、昔の神楽で使っていた小道具とかは仕舞われていたらしいけど」

「あの古文書だけ、何百年も見つかっていなかったんですね」

「なんでも、すごく立派な木箱の中に納められていたそうだよ」

それほど大事にされていたものなのに、宮司である小杉ですらその存在を知らなかった、ということである。先代から引き継がれることはなかったのか、それとももっともっと、はるか以前から――。

あるいは、隠されていたのか、である。

物置小屋がなくなってしまった今となっては分からない。

「黒木君はさ」と、少女は言う。「どうしてフルイモノが好きなの？」

「フルイモノは――」別に好きではない、と言いかけてやめた。「きっと祖父の影響だと思います。僕に日本の昔話や、地元に残るおかしな風習などをいろいろ教えてくれました」

「素敵なおじいさん！」

「素敵、でしょうか」

「素敵だと思う。黒木君、どこが出身地なの？」

「新潟です。糸魚川の近くです」

「え」咲良は立ち止まった。「フォッサマグナじゃん！」

「そうです。フォッサマグナの、糸魚川の近くです」

反応するポイントが千絵と一緒なのが面白い。やはり彼女も、フォッサマグナを知っていた。

「あたし知ってるよ、テレビでやってた。えっと、なんだっけ。えっと、えっと、……あ。そうだ、糸魚川ブラック焼きそばだ！」

僕は首を傾げた。

「糸魚川ブラック？」

「そうそう、イカスミで真っ黒な焼きそば！　B級グルメとして有名みたいだよ！　あたし食べてみたいんよねえ。あ。黒木君もしかして知らないの？」

「――面目ない」

初めて聞く料理名だった。僕が子供の頃には、そんなものはなかったように思う。あとでちゃんと調べてみよう。

「黒木君のおじいさんも、黒木君みたいに優しく穏やかな人だったんかなあ」

「優しい？」

少々驚いた。

今まで「何を考えているのか分からない」「人間に対して無関心」などと評されることはあっても、優しい、穏やか、と形容されたことは生まれて初めてだった。

僕はそんな人間ではない、と反論しかけた。が、言葉が出てこなかった。咲良の毒気のない笑顔を見ていると、そんなコメントは無粋なものにしか感じられなかった。的外れだよ、とは思うが、不思議と悪い気はしない。

――やはりこの少女は、危険だ。

何故か、僕の本能がそう告げている。そう告げている気がする。

「黒木君はね、目が優しいよ」

「目、ですか」

目つきが悪い、とは言われたことがある。

「うん、とってもきれいで素敵」昨日もそんなことを言われたことを思い出す。「嘘を吐《つ》くのが、苦手な目をしてる」

「嘘はへたくそかもしれません」

咲良はそういうことじゃない、と憤慨している。気にせず僕は歩き出した。

腕時計を見ると十二時十五分。

「散策はここまでですかね。今日はありがとうございました」

「ううん！　少しは参考になった？」

「とても参考になりました」文書の読解に活かせることがどれだけあるかは未知数だが、村の情景が頭にあるというのは、スムーズな理解に役立ちそうである。「願わくは、もう一か所見てみたかったのですが」

「ん。どこ？」

僕は再び立ち止まって、湖の裏手にある小高い丘を指さした。

「沼神神社です」

口にした瞬間、しまった、と思った。が、もう遅かった。

悪いことを思いついた子供のように、咲良は両方の口角を釣り上げた。

「いひひ」

「いや、行かない。行きませんよ？　だってまだ――」

僕はこしかけ山の参道に貼られた『立入禁止』のテープを見逃さなかった。

「大丈夫よ！　土砂の運び出し作業と岩盤の工事はほぼ終わってるっていうし、それにね」

咲良はにこにこと微笑む。「実は、もう許可はとってあるんだよ？」

「許、可――？」

「うん、パパがね、黒木君と一緒なら入っていいって！」

僕は嘘を吐くのが苦手だ。しかし、人の嘘には時折敏感なまでに反応できてしまうことがあった。

今、目の前の少女は、嘘を吐いている。

明らかに、嘘をついている。

しかし、僕は抗うことができない。

「こしかけ山の沼神神社にはね、正面からの参道のほかに、裏からの登山道があるの」

「裏、ですか」

「うん、そっちなら地盤も頑丈だし、土砂崩れが起きてないから、そっちから行こう！」

隠れて侵入する気まんまんの発言だった。

「あたしたちは裏参道って呼んでるんだけど、結構急な階段を登るんだ。あたしは慣れてるけど――黒木君は足腰は丈夫？　ちょっとひ弱そうにも見えるけど――うん、きっと大丈夫よね！」

そう言って晴れやかに笑う。

どうやら僕に拒否権はないようだった。

※

裏参道の石階段は、驚くほど急こう配だった。

一段一段ひいひいと言いながら登る僕と違い、咲良はひょいひょいと軽妙に先に進んでいく。

これが若さなのか、それとも彼女がタフすぎるのか。おそらく後者な気がした。

僕はついていくのがやっとだった。

「咲良、さん、ちょっと、待ってくだ、さい——」さすがに音《ね》を上げてしまった。「もうちょっと、ゆっくり、お願いします」

クルッと振り返る咲良の方は、ほとんど息が上がっていなかった。驚異的な体力である。

「ごめんね黒木君！　そっか、やっぱり東京の人にはしんどいか」

「東京の人じゃなくてもしんどいと思います」

僕は階段の途中でゼエハアと膝に手をついた。

「そうなの？」

「だと思います。咲良さん、強すぎませんか——」

「あたしはただ慣れてるだけよ」

やはり平然とそう言う少女は、見ると汗一つかいていない。

恐るべし、田舎の女子高生。

「そういえば」僕は思い出した。「昨日はどうしてこの山に入ろうと思ったんですか？」

昨日？　と一瞬キョトンとしたが、すぐに思い出したように、「ああ、秘密基地！」

「秘密基地」

確かその単語は昨日も出てきた。

「沼神様にはね、本殿のさらに奥に『奥ノ院』って呼ばれる場所があってね」

「奥ノ院」

「あたしね、小さい頃からそこを秘密基地にしてたんよ」

「社殿をですか？」

僕は驚く。

「ううん。説明が難しいなあ」人差し指を顎に当てる。「地下室、っていうのかな」

「社殿に地下室があるんですか」

「厳密に言うと、お社の建物の軒下に、ちょっとしたスペースがあるんよ。みんな本殿にお参りしたら帰っちゃうじゃん？　だからあんまり知られてないんだよね」

「どうしてそんなスペースがあるんでしょうか」

「さあ、あたしにはさっぱり！　でもあたしにとっては子供の頃の思い出が詰まった大切な場所なわけ。先月の台風以降、山は立入禁止になっちゃったからいけてなかったけど、やっぱりあそこが無事なのかどうか気になるじゃん？」

「なるほど」

「昨日は志紀君とケンちゃんに捕まっちゃった。でも今日は二人とも姿を見てないし、きっと大丈夫」

「許可を得たのでは？」

「ああ、そうそう、それ、そうだったね」

やはり嘘である。僕は嘆息した。面倒なことに巻き込まれている気がする。

「あの、本当に」

「まあまあ、きっと大丈夫っしょ！　さあ、あと少しで本殿だよ、行こう！」

再び彼女はひょいひょいと石階段を登り始めた。

多少の不安は残ったが、ここまで来たら乗りかかった船である。心配よりも好奇心の方が勝《まさ》った。僕はずっと、この上が気になっていたのだ。

長い登山道を登りきると、沼神神社の表参道と合流した。わき道から合流してすぐ、見るからに歴史のある古い社殿が現れる。これが『沼神神社』の拝殿であるようだ。よく見る東京の観光名所のように仰々しいデザインではなく、質素で、味わい深い外観をしている。参詣道の途中には古びた木造の鳥居も立っている。こちらも根元は補強されているものの、古い歴史がありそうだ。

社殿の少し右側の斜面が抉られたかのように白みがかった土が露わになっている。そこが土砂崩れのあった斜面のようだ。

「あのあたりにね」咲良がその斜面を指さして言う。「物置小屋もあったんだよ」

「咲良さんも、物置小屋には出入りしていたんですか？」

「ううん」咲良はかぶりを振る。「あそこにはカギがかかってたからね。あたしは入ったことなかったよ！」

「なるほど、カギ――」

言いかけた時、僕の視界の片隅が何か動くものをとらえた気がした。

拝殿の右奥、鎮守の森のあたり。一瞬だが、視線のようなものも感じた気がする。

僕は少しだけ身構えた。

「咲良さん」

「どうしたの？」

「この辺りに熊は出ますか？」

「んーん。聞いたことないよ」

「そうですか」ならば人が？「ここ、立入禁止でしたよね」

「土砂の運び出しと地盤の工事をする人が入ってることはあるんじゃない？」

確かにそういう人物がたまたまソコにいただけかもしれない。

しかし、だとしたら隠れたりはしないだろう。

誰かに、監視されていた？

考えすぎだろうか。

「とりあえずお参りしとこっか！」咲良は特に何も意に介していないように、明るく提案した。「ここの神様に黒木君の顔も覚えてもらいたいし」

「そうですね」

僕は彼女の言う通りに拝殿の方へ歩み出た。柏手《かしわで》を打ち、しばしの間、土地の神に祈りを捧げた。誰かに聞きとがめられないとも限らないので申し訳程度に鈴を鳴らす。

「すごい。黒木君はやっぱり分かってるんだね」

「分かっている、とは」

「最後に鈴を鳴らすの」そう言って彼女も鈴の緒を前後に揺らす。「この鈴をインターフォン代わりだと思ってる人も多いんだよね。カランカラーン、神様ー、きたよーって。でも、実際は違うんだよね」

僕は頷いた。

「タマフリですね」

「神様のパワーを、鈴の緒を通して授かるんだって、ばーばが言ってた」

僕に神社での作法を教えてくれたのも祖父だった。

「よし、ご挨拶完了。――黒木君、もちろん付き合ってくれるよね」

やはりそうきたか。予想はしていたし覚悟もしていた。が、念のため聞いておくことにした。

「――どこへですか」

「もちろん、奥ノ院までよ」

時刻は十二時半を回ろうとしている。思ったよりも時間を食ってしまっている。だが、毒を食らわば皿まで――僕は承諾した。

記憶の引き出しの中に、『奥之院』というワードがあった気がする。僕はそれを探してみる。高野山だっただろうか。弘法大師空海が入定し、未だに修行を続けているとされる場所がある。その場所が確か『高野山奥之院』と呼ばれていたはずだ。

沼神神社の拝殿の右奥に、さらに石段がある。先ほどまでの石階段とはうって変わり、ほとんど整備もされていない様子だ。裏参道よりも急ではないが、周囲の草木も伸び放題に伸びており、手すりなどもない。大抵の参拝客は、拝殿に手を合わせたら引き返してしまうのかもしれない。

「本殿にはスサノヲノミコトが祀られているんでしたよね」僕は尋ねた。「御神体は刀だと聞きました」

「そうらしいねえ。よく知らないけど、この土地を治めていた王様みたいな人が使っていた刀らしいよ」

「奥ノ院には何があるんでしょうか」

「それがよく分からないんだよ」

先導して歩く咲良はあっけらかんと答える。

「小杉さんはさすがに知っていると思うんだけどね。パパがアガシラ様に関する何かって口を滑らせたのを聞いたことあるよ」

「なるほど」

アガシラ様。伝説の巨人。

多くの場合、本宮や本社より、奥の院、奥の宮の方が創建が古いと聞いたことがある。たいていは、その地域に古くから鎮座している土着の神らしい。

「ここからどのくらい登るんでしょうか」

「ウーン。十五分くらい？」

思ったより遠くはないが、都会人の足には相当きつそうだ。僕は明日の筋肉痛を覚悟した。

(——あれ？)

意を決して石段を一歩登り始めた瞬間、なんとも言えない不思議な感覚に襲われた。

先ほどまでとは、空気が変わったように感じる。

スピリチュアルなことはあまり感じたことがない人生だった。しかし、今日は不思議だ。これが神域、というものなのだろうか。ピンと張りつめたような空気が、僕の脳までも支配しようとしているような感覚。

咲良も同じ空気を感じているのか、突然無口になって黙々と石段を登っている。心なしか、緊張しているような面持ちで、しっかりと前を見据えながら。

左右を覆う鬱蒼とした森も、本殿までのそれとは違うもののように見えた。絶えず何かに見られているような、そんな気さえしてくる。

自分たちの踏みしめる足音が、妙にはっきり耳に飛び込んでくる。

遠くで微かに水の音も聞こえる。近くに小川でも流れているのだろうか。

さっきまで聞こえていたあらゆる音の輪郭がクリアになっている。皮膚を伝う汗の感触までがはっきりと感じられる。

(――なんだ、これは)

全身の感覚が研ぎ澄まされているような。

一切の雑念が薄らいでいく。気付けば、疲れすら感じなくなっている。

初めて経験する不思議な感覚だった。最初こそ戸惑ったが、歩を進めるにつれ、全く違った感情が全身を支配してくる。

これは、そう――『なつかしさ』だ。

僕はこの道を、ずっと前から知っているような感覚に陥っていた。

いや、ちがう。

僕は――

僕はこの場所を、知っている――

「着いた！」

少女の明るい声とともに唐突に視界がひらけた。

鬱蒼とした森はいつの間にか終わり、強い光が差す平地が目の前に現れた。

どういうわけだろうか、木々は周囲と比べて少ない。

「ここは――」

「ここが、こしかけ山の腰かけ部分、そして」平地の中心を指さして、「あたしの秘密基地、沼神神社、奥ノ院だ！」

平地の中心部、まるで植物たちがよけているかのように何もないその部分に、小さな社が建っていた。沼神神社の本殿や拝殿よりもさらに歴史を感じる。おそらく創建年代もかなり古いのではないだろうか。それだけに一層『重み』のようなものを感じる建築物がそこにはあった。

しかし、僕の目を強く引いたのは、その背後に聳《そび》える巨大な黒い岩だった。

三メートルはあるだろうか。天を突くような黒い巨石が、小さくも重みのある社殿の背後に待ち構えている。

僕はそれが、異質なもののようにも、そこを中心に空間が創造されているもののようにも感じた。

「アレがこの山の本当の御神体、なんていう人もいるんだけど、古すぎて誰も詳しくは分かんないみたいよ」

説明は聞こえている。しかし、耳には入ってくるのに頭にはほとんど入ってこなかった。

僕の目は目の前に広がる世界にくぎ付けになってしまったのだ。

感覚で確信する。この山に存在する『空気』のようなもの。それを発しているのは間違いなくこれだ。この黒い岩がこの山の、信仰の中心だ。根拠はないが、僕はそう強く感じていた。

質感が、普通の岩ではない。何故こんなに黒いのだろう。

まるで、夜のような——

「黒木君？」

気が付くと咲良の顔が思ったよりも近くにあった。一気に現実が戻ってくる。肺に空気が入ってきてやっと、自分が呼吸を止めていたのだということに気が付いた。

「ああ、すいません。ぼーっとしてました」

「うん。すごくぼーっとしてたね」

「面目ない」

僕が頭を下げかけたその時に、背後から「アアアアア！」と怒鳴り上げるような声が聞こえてきた。

「オオオオオ！」

猛スピードで石段を駆け上がってくる警官姿の男。

彼には見覚えがあった。

彼は、確か――

「咲良ァ！　おまえ、また勝手に山入ったのか！」

「ヤバ、ミックン！」

僕は思い出した。ミックン、と呼ばれた若い警官は、一昨日事件現場で遭遇した駐在の青年だった。

「ここは立入禁止だからよ、入っちゃダメだって栄蔵おじさんも言ってたじゃんよ！」

「ごめん、ミックン！　どうしても秘密基地が気になって」

「そんなこと言ってもよお――ン？」

そこで彼の目にようやく僕の姿が入ったようだ。

「アンタは――」ふっと語気が弱まる。「確か、志紀さんと一緒にいた」

「あ。はい。えっと」僕はしどろもどろになって答える。「黒木です。水森――八重垣志紀君に呼ばれて東京からやって来ました」

「ああ、やっぱりそうか。そのでかいリュックサック、たしかに見覚えがあるな」どうやら思い出してもらえたようだった。「黒木さん、そのカバンの中、いったい何が――」

彼は警官らしく背筋を伸ばしつつも、まるで探るような目つきで言う。

「し、仕事道具や、着替えなどです」

「仕事道具」

彼はまだ少しだけ警戒しているような面持ちでこちらを見ている。

「ミックンあのね！　この人は黒木鉄生君！　黒木君は『沼神文書』の解読をしにはるばる東京から来てくれたんだよ！」

咲良が僕の右手をつかみながら言う。突然のできごとに心臓が止まるかと思った。あまりに突然のことに緊張したが、どういうわけだろう。次の瞬間、彼の表情から警戒が完全に消え、場の緊張感が一気に解れた。なるほど、そういうことか——と一変して穏やかに呟くミックン。僕は拍子抜けしたと同時に、咲良に心の中で感謝した。

「黒木君、この人はね、あたしの幼馴染の充君《みつる》。あたしは昔からミックンって呼んでるの。この村の駐在さんなのよ」

「駐在さん。よろしくお願いします」

「うん、まあ、そうだな。よろしく。——でも黒木さん、こんな人気《ひとけ》のないところに若い女の子連れ込むのは感心しませんよ？」

「あっ！」

そう言われて、慌てて咲良の手を振りほどいた。ずっと握られたままだったのだ。

「面目次第もないです」僕は頭を下げる。「反省します」

「待って違うの、あたしなの！　あたしがここまでついて来てもらったの！」咲良が慌ててかばってくれる。「あたしとミックンの秘密基地、台風のあとは一度も来られてなかったでしょ？　無事かなって気になってさ」

「あのな、そういうのは、俺に任せておけばいいの。いつもいつもあぶねえことばっかりしやがって。おまえ、一応女の子なんだぞ？」

「ウウウ、ごめ――って、え。一応って何ィ？　ひどくない？」

「だっておまえ、全然おしとやかじゃねえじゃんかよ。おまえの母ちゃんはもっと、こう、大和撫子って感じのべっぴんさんだったぞ」

「うわあ。ミックンの価値観古すぎ！」咲良は頰を膨らませて憤慨している。「それに今はママのことは関係なくない？　もう時代は令和。いつまでそんな前時代的な価値観引きずってるん？　昭和？　昭和なん？」

「ああそうだよ、俺は古い人間だよ何が悪いかアァン？」

二人の言い合いがヒートアップする。こんなときどうしたらいいんだ――僕は困ってしまい、

「すいません、ぼ、僕もこの村のことに興味があって、つい」

と、ミックン――充に対してさらに頭を下げた。こうなってしまった以上、素直に謝る以外に方法はないと思ったのだ。充は「あ、いや」と困ったように言った。

「以後、気を付けるようにしてください」

「はい」

存外すんなり許してもらえた。実は最初から強く咎める気はなかったのかもしれない。

「ねえミックン、なんでこんなところにいるん？」

「なんでって、村を巡回してたらおめえらが参道に入ってくのを見たからよ」

「アチャ、見られてたか」

「アチャ、じゃねえよ。今この村では物騒な事件が起きてるんだからな。黒木さんも気をつけてくださいよ」

島田光男の事件のことだろうか。気をつけろ、ということはまだ犯人は捕まっていない、ということだろうか。

「さあ、咲良ももう下りるぞ。栄蔵さんには黙っててやるから、こんなあぶねえ場所からは一刻も早く」

「ちょっと待ってミックン」咲良は引き返そうとする充を慌てて引き留めた。「せっかくここまで来たんだし、秘密基地、覗いてこ？」

「はあ？」

「ね。いいじゃん。行こ？」

咲良に腕を引っ張られ、彼は渋々といった面持ちで承諾をした。僕も後に続く。

奥ノ院の正面を回り込むと、社の裏手にはすぐに御神体（らしい）巨石があった。よく見ると、建物の一部が巨石に食い込んでいるようにも見える。

充は思い出したように立ち止まると、巨石に向かって手を合わせて祈りだした。僕も慌ててそれに倣う。

「意外です。駐在さんも信心深いんですね」

彼はチッと舌を鳴らす。

「この石はこの村の守り神なんですよ。ずっと昔からここにあって、俺んちの家系は代々ここに参拝してきたんです。小杉さんの家が来る前からずっと」

「そうだったんですね」

社は地面よりも数十センチ高い位置に入り口が設けられていて、三段の階段を登らないと参詣できない造りになっていた。そして建物下部と地面との間に不自然な木造の扉が付いていた。

「元は半地下の倉庫か何かだったと思うんだが、全く使われている形跡がなくって――それを俺と咲良の二人で勝手に開けて、秘密基地にしたんです」

何故か少し誇らしげな様子で充は語った。

「俺たち二人とも小学生だったかな。だからかれこれ十年は経つな」

「この村、同年代の人間ほとんどいないもんなあ」咲良も懐かしそうに言う。「お姉ちゃんは高校卒業してすぐ東京行っちゃったし」

「だな」

咲良は意気揚々と扉の取っ手に手をかけ、ぐっと力を込めて引き開けた。

「ヨシ、入ろう」

倉庫の入り口の高さは一メートルほどで、頭を下げて体を屈めないと中に入ることはできなかった。咲良の後から充、僕と続く。

その空間には、冷えた空気と、鼻をつくような木の匂いが満ちていた。

中へ入るとすぐに数十センチ分の段差があり、『半地下』の言葉通り、地面の下に空間があるような形になっている。薄暗くはなっているが、部屋の四隅の一部が採光窓となっており、全くの暗闇というわけでもない。

「電気は通ってないの」と言いながら咲良は天井からぶら下がっている懐中電灯のスイッチを押した。「よかった、まだ電池あったね」

空間がぼんやりと明るくなって、僕はようやく室内の全貌を視ることができた。

古い木造の地下室。その後ろ側の壁の一部では、御神体の岩肌がむき出しになっていた。

この地下室がなんのために作られたのかは見当もつかないが、確かにこれは、子供たちにはかっこうの秘密基地になるだろう。趣《おもむき》もある。

「大した浸水もないし、ちゃんと無事だったみたいね」

咲良が安堵したように言った。

「こんなに古い建物なのにな。やっぱり丈夫だわ」

充も感心したように呟いた。

「子供の頃はさ、ここに漫画とかゲームとか持ち込んで、いっぱい遊んだよね」

「学校サボって昼寝に来てたこともあったっけな」

「そうそう！　ミックン、そんなんでよく警官になれたよね」

「うるせえ」充はわずかに口を尖らせる。「警官になってこの村を守ることが、俺の小さい頃からの夢だったんだよ」

咲良はニコニコしながら壁に手を当てた。

「無事でよかった。秘密基地」

「小杉さん、絶対ここのこと知ってたはずなのに、何も言われなかったんだよな」

「本当、宮司さんなのにね。そういうとこ、ラフなんよ、ウチの村」

咲良は愉快そうにカラカラと笑った。仲がいいのだな、と思う。

「黒木君、ミックンはね、なんだかんだ言いながらいつもあたしのわがままにつきあってくれるんだよ？」

「お前が危なっかしいから見てらんないだけだ」

二人のやりとりを微笑ましく見守る。その一方で、僕は妙な気持ちになっていた。

何かがおかしい、が、何がおかしいのかまでには思いが至らない。

セイタカ様の姿に感じた違和感とは少し違う気がする。それは他愛のないことのような気もする。しかし、重大な意味を持つことのような気もする。

僕は感情を言語にする能力が人よりも劣っている、と、自分でも考えている。見たもの、感じたもの、そういったものを、普通は言葉に変えて、発する。しかし、それが幼少期から苦手だった。

今、確かに『何か』を感じた。それを明確な、あるいは具体的な言語にすることは難しかった。しかし、強いて言葉にするならば――

『気持ち悪い』――だろうか。

モヤモヤした気持ちを抱えたまま、立ち尽くした。

「よし、気が済んだか」充は手を叩いた。狭い空間に音が反響する。「そろそろ帰んねえと、マジで栄蔵おじさんに叱られんぞ」

「そうね、ありがとミックン」咲良は満足したように周囲を見回した。「あれ？」

彼女は、部屋の隅のある一点に目を留めた。

薄暗くて分かりにくかったが、床から五十センチほどの高さの壁の一部に、黒いシミのようなものがこびりついている。

「こんなシミ、あったっけ？」

「ハァ？　どうだったかなあ。覚えてねえよ」

「雨漏りかなあ」

咲良は首を傾げている。

「とにかく戻ろう。もう昼の時間だ」

再度充に促され、僕らは『秘密基地』を後にした。室内に灯りはあったものの、外に出るとその眩しさに眩暈《めまい》がしそうである。

なかなかいい時間である。僕も古文書の作業を再開させねばならない。明日は東京に帰る予定日である。

さあ下山しよう、と来た道を戻り、石段の入り口に立ったところで咲良がにわかに足を止めた。

「――ねえ、黒木君、ミックン、二人は目はいい？」

「え？」

彼女は神妙な面持ちで石段とは違う方向、鬱蒼とした森の向こうを指さしている。

「視力は良いですかってこと」

正直に僕は頭を振った。裸眼で両目とも０・１である。

「俺は結構自信あるぞ。百メートル先を逃走する万引き犯を見つけたことも――」

「ねえ、あれ……」

僕らは咲良が指さす方向に目を凝らした。

木々が不規則に立ち並ぶ斜面の隙間、幹と幹との間に不自然に揺れる『影』が確かに見える。僕の視力ではそれが一体何なのか、見当もつかなかったが、隣から覗き込んだ充がヒュッと息を呑むのが聞こえた。

「お。おい。まじかよ……」

咲良の動きが一瞬早かった。急いで石段を駆け下りて、『影』の近くまで下っていく。それを追ってすぐに充も駆け出した。

僕は二人の尋常ではない雰囲気に引っ張られて一緒になって走り出した。

石段の途中で、二人は左の獣道に逸れて行った。僕もそれに続こうとしたが、整備されていない斜面はまっすぐ立っているのがやっとの急こう配だ。僕はバランスを崩しそうになる。

「黒木さん！　アンタはここで待ってろ！」と叫ぶ充。「斜面転がっちまったら洒落にならねえぞ」

「すみません。そうします」

僕はおとなしく引き下がった。

咲良と充は器用に木々の間の斜面を進んでいく。そして、『影』が見えた地点の近くまでたどり着くと、二人は突然、動きを止めてしまった。

「ああ、そんな——」一瞬置いて、咲良の叫び声が聞こえた。「やだ。嘘、嘘でしょ」

「さ、咲良！　ここからすぐに離れろ！　俺は所轄に電話を入れる」

その様子からただならぬことが起こったことだけは理解した。

次の瞬間、僕は察した。木々の間に揺れていたものの正体。

咲良は、膝から崩れ落ちて悲鳴を上げた。

その叫びは、森の神聖な空気をも切り裂くように、僕の耳まではっきり届いていた。

「ケンちゃん！」

と。

※

祖父が死んだときのことを僕はあまりよく覚えていない。

両親ともに幼い頃に亡くした僕にとって、唯一の身寄りだったのが祖父であった。

その頃僕は東京の大学で日本の古典文学と文献学を学んでいた。研究室で教授との研究作業に追われる中、祖父が倒れた、との知らせを受けた。病院からだった。もう日は暮れていたが、その日のうちに夜行バスに乗り込んで実家の新潟を目指した。

深夜の高速バス。富山で一度乗り換えて二時間弱。翌朝ようやくたどり着いた時には、祖父の意識はほとんどない状態だった。僕はその時、一体何を考えていたのだろうか。何を思っていたのだろう。焦っていたわけでもないし、狼狽していたわけでもない。ただ、ぼんやりと痩せ細った祖父の姿を見下ろしていた。

とにかく僕は祖父の手を握って「じいちゃん」と呼びかけた。わずかに祖父の指先に力がこもった。瞬間、祖父は薄っすら目を開けた気がする。開けていないかもしれない。よく覚えていない。

しかしそのあと、祖父が小さな声で、僕に向けて言った言葉は、鮮明に覚えている。

「鉄生――弱い人を、助けてあげられる、大人になりなさい」

あれから十年が経とうとしている。

僕は、祖父の言うような大人になれているのだろうか。

泣き崩れる咲良の背中をさすりながら、そんなことを考えていた。

僕らはいったん現場を離れ、沼神神社の本殿で警察の到着を待っている。

ケンちゃん――鈴本健三郎の遺体は、太い木の枝に引っ掛けたロープで首を吊った形で発見された。咲良は一刻も早くおろしてやりたがっていたが、充がそれを止めた。一目見て、それが『生きている人間』ではないことが分かったのだろう。

階段に腰かける僕と咲良。充は携帯電話で隣町の警察署に電話をかけている。間もなく付近にいる警察官や鑑識官が山を登ってくるようだ。

「ケンちゃんはさ」電話を終えた充が戻ってきた。「咲良にとっては兄貴分みたいな存在でな。俺にとっても幼馴染だったから、なんか、こう」

信じられねえんよ。ほとんど言葉になっていないコトバで、そう言ったようだった。充は奥歯をぐっと噛みしめたような顔つきで、必死に理性を保とうとしているように見える。

「咲良はさ、分かると思うけども、危なっかしいところもあって」

「はい」

分かる気がする。

「だからよ、守ってやらなくちゃいけないんだ」

言葉が途切れた。決意のようなものを含んだ表情に見えた。

「自殺でしょうか」

僕は尋ねる。

「ありえない」徐《おもむろ》に顔をあげて咲良が言った。「ありえないよ、あのケンちゃんが、ケンちゃんに限って、そんなこと」

「だとしたら」

充は無言だった。何かを考えているような顔だった。

自殺でないなら、殺人。事故であるとは考えにくい。だとしたら、この小さな村で、短期間に二つの殺人事件が重なってしまったことになる。

「黒木さん」充が言う。「ちょっとの間、咲良を頼みます。俺は所轄の刑事が到着する前に、この辺りを見回っておきます。もしかしたら、誰か潜んどるかもしんねえし」

「僕に？」

「ああ、アナタなら大丈夫だ」

どうやら僕はこの青年に安全認定してもらえたらしい。

そういえば——僕は先ほどこの場所で感じた『視線』について思い出していた。あの視線は、もしかして。

そのことを話すべきか逡巡しているうちに、充は小走りで本殿の裏手に行ってしまった。

僕は咲良の傍を離れるわけにもいかず、ひたすら彼女が泣き止むまで寄り添い続けた。

少女の啜り泣く声と、風の音ばかりが聞こえる。

この人口の少ない村において、身近な人間の死ほど、大きいものはないのかもしれない。

祖父が死んだとき、僕はこんな風に泣いたのだろうか。

ほどなくして警察が到着した。充を中心に現場を覆うテープが張られ、辺りは物々しい雰囲気に包まれた。少し経って、ブルーシートにくるまれた遺体が担架に載せられて、山の下に運び出されていく。

僕はそっと咲良の頭に手を置き、その様子が目に入らないようにした。

制服を着た警察官が近寄って来て、このままそこにいるよう言われた。僕は、行き交う警察官の様子を見ながら、自分が事件の『当事者』になってしまったということをじわじわと実感していた。

小杉と栄蔵が神社の境内に姿を現したのは、それから十分も経たないうちだった。本来であれば怒り心頭であってもおかしくない栄蔵だったが、さすがに泣き崩れる我が子を叱りつけることはしなかった。僕は深々と頭を下げて謝罪の意を示した。

「いやあ、黒木さん、とんだことになってしまいましたなあ」小杉が汗を拭きながら言った。「私もびっくりです。自分んところの境内で、まさかこんな——ねえ」

咲良のいる手前、直接的な表現は避けたのだろう。

「すいません、小杉さん。古文書の文字おこし、遅れそうです」

「なになにそんなこと、まったく気にしないでください。もし全文が終わらなかったとしても、それこそ地元の専門家を雇えばいいだけの話ですから」

そう言い残して、小杉は警察官とともに現場検証に呼ばれて行ってしまった。

実際のところ、文字おこし自体も目途は立ちかけていた。

おそらく、それほど時間はかからないだろう。

「すまんね、黒木君」栄蔵が言う。「娘がまた迷惑をかけてしまった」

「いえ。この村のことをいろいろ教えてくださいました」

有意義な半日になったとは思う。こんなことにさえならなければ。

「どういうわけだか、娘は君のことが気に入っているらしくてね」それは水森にも言われた。「今日も張り切って家を出たんだが……」

「そうなんですね」

「ケンちゃんは気のいい青年でな、咲良が小さい頃からよく面倒も見てくれるいい子だったんだ。それが……残念だ」

僕は何を言ったらいいのか分からず、静かに頷いた。

咲良はようやく落ち着きを取り戻し始めた様子で、うずくまっていた身体を起こし、涙を手のひらで拭っている。

「大丈夫か」

「うん、パパ。大丈夫。ありがとう。ごめんね」僕の方も見る。「黒木君も、ごめん。村の事件に巻き込んじゃった」

「僕は平気です」

「ケンちゃんは自殺なんかしない」咲良は確かめるように呟いた。「パパ、犯人はまだこの村にいるはず」

栄蔵は強く頷いた。

「ああ、分かっている」

しっかりした少女だと思った。今この状況は彼女にとっても辛いものであるに違いない。それなのにこれほどまでに気丈に振舞おうとしている。周囲に気を配ることもしっかりできている。

状況をつかむスピード。感情に行動が大きく左右されない精神。本当に十八なのか疑いたくなる時もある。

もう既に彼女の目には、悲しみの色は感じ取れなかった。それどころか、強い意志のようなものすら感じる。僕のことをじっと見つめているが、しかし彼女が見ていたものは僕ではなかったように思う。

それからしばらくして、警察官が近寄ってきた。遺体発見時の現場の状況など、警察からいくつか話を聞かれた僕たちは、その一つ一つに丁寧に答えた。

連絡先を伝えると、もう下山してよいと許された。

僕は栄蔵に一度本家の休憩室に連れていかれ、軽食を振舞われてから小杉とともに仏間に行くことになった。

咲良は、食欲がない、と言って自室に引きこもってしまったようだ。

ヨシエが出してくれたのは、村でとれたなめこを使って作ったというなめこおろしと、咲良の畑でとれたトマトであった。僕は直接まじまじと遺体を見たわけではない。しかし、このさっぱりとした食事の配慮はありがたかった。

差し出された瓶のコーラは、少しだけ苦く感じた。

※

時刻は既に午後四時をまわり、日も陰り始めていた。

小杉からは「休んでもいい」と言われたが、仕事を途中で放り出すのは性分ではない。僕は気を取り直して『沼神文書』の文字おこしを再開した。

僕も小杉も一言も発しないまま黙々と作業を続けた。僕が文字おこしした文章を小杉がチェックする。時折タイピングのミスがあったりすると原典と照らし合わせて校正をする。

その繰り返し。

「フウム」小杉が小さくため息を吐いた。「いやはや、ムム……」

昨日はあれほど饒舌だった小杉も、今日は妙に無口である。

島田光男の死は、『おびき川』の西側の人間にとって、あくまで『よそ者の死』だったのだろう。僕は推察する。しかし『こちら側』の人間の死は――共同体内部の死は――重く、村の人間の肩にのしかかる。ましてや、死んだのは村の未来を担う予定だった若者である。

こしかけ山で、何が起こったのか。

時折その疑問が僕に降りかかってくる。考えたとしても意味がない。それを振り払いつつ、僕は敢えて意識して文字おこしに没頭した。

明日の夕方の電車で、僕は東京に帰らねばならない。水森や小杉の頼みだ。何としても力になりたいという思いが強かった。

水森には遅くまで作業をする旨を伝えてあった。栄蔵や小杉も了承をしてくれた。今日のうちに家系図まではどうにか完成させておきたい。一文字一文字を丁寧に解析し、ＰＣに打ち込んでいく。

沼神文書で確認できる最も古い当主・八重垣孫二郎には息子が一人、娘が二人あったと記されており、妻の名は記されていない。その次の当主は彦六。その次が喜助――と、淡々と記されている。

その時、千絵が言っていたことが脳裏をよぎった。

『どういうわけか生まれてくる子はみんな女の子』

しかし家系図を見る限り、歴代当主はしっかりと男性が務めている。

孫二郎から続く家系は、皆男性当主である。女子が生まれやすい血筋、というのは近年になってから、ということだろうか。

大抵の古文書は、読み込むうちに視界が開けて明るくなっていく感覚がある。しかし沼神文書は、大いなる黒塗りが中心に存在しているように思える。

歴史に隠された闇。

気が付くと外がすっかり暗くなっていた。仏壇の蝋燭の火が、優しい灯りとなってゆらりと揺れている。

僕は闇の中を掘り進める。

大いなる黒塗りを、一枚一枚はがしていく。

そうしていく中で、僕の中で小さな確信が生まれていった。

読み進めば進むほど、その確信は大きく、強くなっていく。

僕は、この古文書を——

「黒木さん、少し休憩しましょう」

小杉がそう提案してくれたので、一瞬悩んだが頷くことにした。

「そうですね。少しだけ疲れました」

「ヨシエさんに飲み物を頼んできます。お茶とコーラ、どちらがいいですか？」

「コーラで」

即答だった。先ほど飲んだばかりだが、身体がカフェインと炭酸を欲していた。

コーラが絶えることなくあるなんて、素晴らしい家だ、ここは。

小杉が席を立った後も、僕は文書をめくる手を止めなかった。

確かめたいことがある。

黒塗りの裏側にあるもの。いや、それはもはや『事実』だ。

家系図を読み進めるうち、僕は地名以外の、その『事実』が気になっていた。

おそらく普通に読んでいるだけではこのことに気付けないだろう。実際、スルーをしかけていたところでもある。

だが、僕はそれに気付くことができた。気付いてしまった。

もしもこの『事実』を後世に語り伝えるためにこの文書が書き遺されたのだとしたら。

だとすれば、この文書の歴史的な価値は跳ね上がるのではないか。

しかし——僕は考える。

この『事実』を、公表したところで何になるというのだろう。もしかしたら、この村の人間にとっては周知の事実なのかもしれない。

僕の脳裏に、やたらと人望の厚い親友の顔が浮かんできた。

水森。彼ならきっと、このモヤモヤに答えを出してくれるに違いない。僕も彼のことをとても信頼しているのだ。

しかし——僕はまた自分に問いかける。

もう一人、この『事実』を確認するべき人物がいる——そのことに思い至ったのだ。あの人は、このことを知っているのだろうか？　この村のことを、誰よりも知っているはずのあの人。

八重垣栄蔵——

考えているところに小杉が戻ってきた。

「コーラ持ってきましたよ。黒木さん、少しは身体を休めてください」

「ありがとうございま——あ。だめです」小杉が僕の近くで栓を開けようとしていたので慌てて制した。「炭酸を、古文書の近くで開けてはいけません」

「ああ、なるほど！」

こういうアバウトなところがどうにも小杉らしい。

僕はこの宮司・主治医という肩書を持つ、ちょっと間の抜けた男のことを、とても好ましく思っていた。実の父親の記憶はほとんど残っていないが、父親がいるとしたらこういう普通の、おしゃべり好きな父親がいいな、と思わせてくれる。

僕は沼神文書を台に戻し、少し離れた場所でコーラをいただいた。相変わらず適温で、美味い。

脳に糖分がいきわたっていくのを何となく感じる。

「ねえ黒木さん」小杉も僕に合わせたのか、コーラを飲み干しながら言った。「コーラが何で黒いのか、理由知っていますか？」

「コーラが黒い理由」考えたこともなかった。「なぜでしょうか」

「昔のコーラは、コーラナッツっていう植物の種子から作っていたそうなんです」

「コーラナッツ」

「そのコーラナッツには古くなると黒くなる成分が含まれていて、その影響でコーラも黒かったのだそうです」

「黒かった――とは」

「ええ。そうなんです。実は今我々が飲んでいるコーラには、コーラナッツは入っていないんですよ。そうすると、本来コーラの色は透明なはずなんです。無色透明。味のついた水みたい。そんなのコーラだと思えますか？」

そういえば一昔前、透明なコーラが売り出されたことがあった気がする。一時期あちらこちらのスーパーやコンビニエンスストアに並んでいたが、すぐに店頭から消えた。今思えば、あれは、『黒くなかったこと』が売れなかった原因なのではないか。そんなことが頭に浮かぶ。

「正直、自信がありません」

「昔の人もそんな風に考えたみたいでしてね、黒くないコーラなんてあまり美味しくなさそうだったわけです。そこでアメリカのコーラメーカーが考えて、カラメル色素を使ったコーラを製造し始めたんですよ。これが大ヒットしたわけです」

「透明なコーラを、黒いコーラに戻した、ということですか」

「そう。そうです。そういうことです。人の思い込みっていうのは、案外そういうものなのかもしれませんね。コーラは黒であるべき、ブラックでなければコーラではない。ゆえに、透明なコーラはコーラにあらず、と思い込んでしまう。だから、コーラが飲みたい人は透明なコーラには手を伸ばさないわけです」

「なるほど」

僕は鹿爪《しかつめ》らしい顔で言ったが、実はそれほど腑に落ちたわけではなかった。

「まあ、ふと思い出したってだけの雑談ですわ」小杉は笑った。「今の話に特別な意味があるわけじゃないですからね。忘れてください」

もしも黒くないコーラが目の前に置かれたとして、そしてそれを飲み干したとして。果たして僕はそれを『コーラ』であると認識できるであろうか。

コーラのアイデンティティ。

そんな言葉が脳裏に浮かんでくる。

コーラナッツを失い、それでもなお『コーラ』であり続けるために、黒く生まれ直した存在。それは本当にコーラなのか？

そこで僕は思考を止めた。これ以上考えても意味がない。

「興味深いお話、ありがとうございました。では、そろそろ文字おこしの作業を再開しましょうか」

「え。もうですか」

「はい。明日にはきっちり終わらせたいので」

カラメル色素で色付けされた黒い液体を飲み切り、僕は再び白手袋をはめ直した。

※

外が騒がしいな――と小杉が呟いたので、僕はようやく顔をあげた。

時刻は夜十時を回っている。随分長いこと作業に集中してしまった。流石にそろそろ水森にも連絡をしなければ、と思う。

意識が文字の世界から戻ってくるにしたがって、遠くから聞こえる誰かの怒鳴り声が鮮明になってきた。確かにこんな時間にしては騒がしい。

「何があったのでしょうか」

「さあ……ちょっと行って見てきましょうか」

「ああ、僕も行きます」

連れ立って仏間を出て、騒がしい音がする方向に向かって歩く。どうやら門の近くに人が集まっている気配がある。

回り廊下を歩いているときに、何やら慌てた様子のヨシエに出くわした。

「ヨシエさん、どうしたんでしょう。この騒ぎは」

「あら小杉さん」小走りでこちらに駆け寄ってくる。「殺人事件の犯人を捕まえたって、充さんが」

「なんだって！」小杉は目を丸くする。「どこのどいつなんですか」

「それが今屋敷のすぐ外にいるらしくて」

「外に？　敷地内にいるんですか？」

「なんでも敷地内に忍び込もうとしていたところを充さんが現行犯で捕まえたらしくて――でも、今大暴れしているみたいです」

「そりゃ大変だ。私たちも行きましょう」

どうして部外者の僕まで行かねばならないのか――とは思ったが、その場の勢いに押されて、頷くしかなかった。

咲良の部屋に行く、というヨシエと別れて、僕と小杉は玄関から外へと飛び出した。

もう既に複数の村人や、栄蔵、手塚などが集まって来ていた。見ると、庭先の地面に男が一人押さえつけられている。

カーキ色のジャケットを着て、まるでビン底のように分厚い眼鏡を掛けたその男は、太っているというわけではないが、なんとなくずんぐりむっくりとした体型をしている。

何より特徴的なのはその髪型だ。おそらく天然パーマであろう。毛量の多い天然パーマが、巨大なまりものように地面にうごめいている。充は男の右手を捻り上げ、地面に押し付けて「おとなしくしろ！」「暴れるな！」と怒鳴りつけている。

一方の眼鏡男も、「離せ！」「いてえ！」「俺は関係ない！」などと、痛がりながらも暴れまわっている。栄蔵や手塚がその身体を必死に押さえつけている。

充がこちらに気付いた。

「ああ、黒木さん、小杉さん！　こいつだ、こいつが光男を殺《や》った犯人だ」

「違う！　なんのことだ！　知らん！　離せ！　離せ！」

「おい、こら、暴れるな！　頼む黒木さん、手伝ってくれ！」

「あ。ああ、はい」

僕は慌てて駆け寄り、眼鏡男のじたばたしている足首のあたりを押さえつけた。

「やめろ！　おいやめろ！　俺はミツオなんてやつなど知らーん！」

「嘘こけこの不審者め！　じゃあなんでこの辺りをうろうろしてやがったんじゃ！　しかも声掛けたら逃げようとしやがって！」

「不審者じゃない！　口承文芸の研究家だァ！　ヤンキーに追いかけられたら逃げるだろ普通！　その手を、離せッ！」

「そんな研究、聞いたこともねえぞ！」

充がさらに強く右腕を捻り上げる。

「いッ、いて、いててててて！　け、警察呼ぶぞ」

「おまわりは俺じゃ！」

「なんだと！　こ、国家権力、ここまで腐ってしまったか……」

「ハァ？　どういう意味じゃコラ！」

「ギャアア！」

一向に大人しくならない眼鏡男と充が終わらない攻防を繰り返していたところに、話を聞きつけたのであろう野次馬が集まってくる。その中に、自治会長のタケジの姿もあった。充や眼鏡男の姿を見つけると、慌ててこちらに駆け寄ってくる。

「あれえ？」タケジは素っ頓狂な声をあげた。「アンタ、なんつったっけ、あ、そうだ、安井《やすい》さん、安井さんじゃねえか」

「おお、自治会長サン！」眼鏡男は暴れるのを止め、顔だけをタケジの方に向けた。「助けてくれ、濡れ衣を着せられているようなんだ」

「タケジさん、知り合いか？」

タケジはバツが悪そうに頬をかいた。

「コイツはな、東京の研究機関から来た研究者なんだそうだ。なんでもこの村の昔話を蒐集《しゅうしゅう》しとるらしい。そんでウチの民宿に泊まってんだよ。んだから、事件とは関係ねえ――部外者だ」

「部外者」

充は一瞬ぽかんとした顔をして、右手を捻り上げていた力を緩めた。

「だからそう言っているじゃないか」眼鏡男はぶつぶつと文句をたれながら立ち上がり、カーキ色のコートに着いた土や草を手で払った。「昨日から世話になっている、口承文芸研究室の室長、安井章《あきら》だ。この村の口承文芸を蒐集に来た。どうやらここが八重垣の屋敷で間違いないようだな。『アガシラ』というだいだらぼっちについての話が聞きたい。誰か、誰か詳しく分かる人間はいるか」

「こ、こうしょう、ぶ――」

「口承文芸研究室、だ」

安井と名乗る男はふてぶてしい表情で仁王立ちとなり、誇るように言った。

※

水森とともに千絵のいる家に帰り着いた時には、もう夜中の十一時を過ぎていた。

千絵も今日は水森の仕事の手伝いでいろいろと忙しかったらしく、「大したもの出せなくてごめんねえ」と言いながら、ご当地ラーメンを作ってくれた。

生麺を茹でて付属のスープをお湯に溶かしただけのものだが、きちんとネギと自家製のチャーシュー、煮卵がトッピングされて、見栄え的にもお店のものと変わらない。琥珀色の透き通るスープがなんとも綺麗で美味しそうだ。

極細のちぢれ麺を一口すると、あっさりとした旨みが喉から胃袋を突き抜けていく。美味しい——疲れた身体にはとても優しいものに感じた。

「こんな美味しいラーメンは初めて食べました」

「大げさね」千絵は可笑しそうに言う。「ここはけっこう内陸だけど、もっと海側の方のご当地ラーメンなんよ。製鉄所で働いた人たちが仕事終わりに食べていたのがきっかけで流行ったらしいよ」

「製鉄所」

「そう、鉄を作るの。この辺りでも砂鉄が採れたって話だけど、今は全然聞かない。作業した人たちに素早く提供できるように細麺にしていたみたい。それがスープによく絡んで美味しいのよねえ」

普段東京での食事はカップ麺やインスタント食品で済ませることが多い。しかし、場所が変わるとこんなにも美味しいものが食べられるのか。

「なんというか、どことなく懐かしい味もします」

「ソレ、志紀君も同じこと言ってた。私はずっと食べてきたからあんまり思わないけど」

自家製のチャーシューもほのかに甘くて非常に美味だった。お店で食べるチャーシューよりも美味しく感じられて目を丸くする。

「美味しいです」

「ありがと」

「普通のチャーシューじゃない気がします」

「お。気付いた？　さすが黒木君」

「甘い感じがします」

「パイナップルジュースで下味つけてるの」

「ジュースですか」

僕は感心すると同時に、水森はとても良い嫁をもらった、と分かって改めて安堵のため息をついた。彼のことだから、一生独身で一生遊び惚ける人生を歩むのではないかと心配していたのだ。

「千絵さんみたいな奥さんがいて、水森君は果報者だと思います」

「そう？」

千絵は照れたように「ありがと」と呟いてから、急に神妙な顔になった。

「ねえ、黒木君も島田光男君のこと、村のみんなから聞いたでしょ？」

「聞いたと言えば聞きました。けど、そこまで詳しくは——」

「あのね、あの人は――光男君はね、人に恨まれて当然の男なの」

「当然ですか」

僕は首を傾げながらラーメンを啜る。

どういう意味だろう。

ご当地ラーメンを食べ終わるか否かくらいのタイミングで水森がシャワーを浴びて戻ってきた。片手には缶のビールが握られている。

千絵はまだ何か話したそうにしていたが、水森を見て静かに諦めたようだった。

「なあ、黒木、ちょっといいか」

リヴィング・チェアーに腰を下ろした水森は、缶のプルタブを引きながら徐に話し始めた。いつになく真剣な顔をしている。口調は明るいが、こういう時の彼は何か真面目な話をしようとしているのだと分かる。

「なんだい」

「私、外した方がいい？」

千絵が心配そうに尋ねる。水森は首を横に振った。

「いや、千絵もいてくれ」

「分かった」

「その方が、全貌がつかみやすいと思う」

「全貌？」

「この村で起きた事件の」

瞬間、空気が凍り付く。僕は持っていた箸をおいた。

「スープは飲み干さないほうがいい？」

「その方が健康にはいいだろ」

「その通りだ」水森は正しい。名残惜しいが、「千絵さん、ごちそうさまでした。今日も美味しかったです」

食器を片付けるのを待って、水森は話し始めた。

「俺たちは――俺と黒木は村の人間じゃない。だからこそ、客観的に事件のことを分析できる気がするんだ。あくまでヨソモノの目線で」

「なるほど」

「この村でたった三日間で二人も若い男が死んでいる。これは偶然とは呼び難《がた》い、と俺は思っている」

「まるで僕が疫病神みたいだよね」僕はひそかに思っていたことを言ってみた。「僕が来てからいきなり事件が起こり始めた気がする」

「それは関係はないだろう」水森は頬骨のあたりを手で撫でながら言う。「しかし、短期間にこうも重なるのは、さすがに偶然とは思えない」

「ちょっと待って」千絵が割って入る。「なんで事件のことを私たちがどうこうしなくちゃいけないの？　警察に任せておけばいいじゃない。ウチの村には充君だっているし」

「昨日警察署に行ってみて分かったんだが、奴らはあまりアテにできない」

「アテにできない？」

「奴らは、島田と八重垣のいざこざに触れたくないんだ」

ああ、と頷いたのは千絵だった。

「それは確かにあるかも。ウチも島田さんのところも、無駄に有力者だから。無駄に」

千絵は『無駄に』を強調して言う。そういうものなのか、と僕は思った。

「とはいえ俺はもう名目上はこの村の人間だろ。だからこそ、完全にヨソモノである黒木の意見が聞きたいんだ」

「僕の意見」

「お前、昔からそういうの、鋭かったじゃないか」

「そうかな」

「和泉式部殺人事件、俺は忘れてないぞ」

「――どうか忘れてくれないか」

僕は頭を抱えた。

「まあ、つまり、とにかくそういったわけだ。ちょっと付き合ってくれないか」

「うん」僕は頷いた。断る理由がない。「分かった」

千絵も仕方ない、という風に肩をすくめて「ふうん」と鼻を鳴らした。

よし、と水森は呟いて、ｉＰａｄのメモアプリを立ち上げた。

「まずは、光男君――島田光男がセイタカ様の足元で殺害された事件だ」

タブレット上にミツオ、と書き込む。

「島田光男は、おびき川の向こう側の有力者で、市議会議員の島田敏男の次男」

「次男、ってことは兄弟がいるんだね」

「長男の名前は島田秀男《ひでお》っていうの。私もよく知ってるわ。でも島田の跡取りは光男だと言われているの」

「そうなんですか」僕は少し驚く。「普通そういうのは、長男が継ぐんじゃ」

「俺もそのあたり聞いたことがある。長男の秀男は、家の金に手を付けて、敏男さんから勘当されているんだって」

「勘当」

「この村を追い出された後、東京に行ったたって聞いてる。だけど、その後どうなったのかまでは全く分からん」

「秀男に限った話じゃないんだけどさ」と千絵。「兄弟そろって性格が悪いのよね。死んだ人の悪口は言いたくないんだけど、光男君も光男君でアレだし」

アレ、というのは咲良への付きまといの件であろう。

咲良は嫌いではない、と言っていたが――内心はどうだったのだろうか。

さて――と水森が切り出した。

「まずこの事件の謎を、俺の方でいくつかピックアップしてみたんだ」

水森はメモアプリ上にすらすらと箇条書きを始める。

――1、誰が島田光男を殺害したのか。

「一番根本的な謎ね」

「大前提として、光男君は胸を刃物で一突きされていた。これは自殺・事故ではありえないよな」

僕も頷いて同意を示す。

「死体を発見したのは、ケンちゃんだった」

「青年会の寄合の帰りに見つけたって、タケジさんが言ってたよね」

「そうだ」水森はケン、タケジ、と書き足す。「つまり、最初の事件の第一発見者が、次の事件では命を落としている、ということになるな」

確かにこれを偶然で片付けるにはいささか疑念が残るように感じる。

「光男君に恨みを持っていた人間は――村の内外にたくさんいそうよね」

「動機の面では、そうだな。それに――」水森は少しだけ言いにくそうに、「土地の問題や咲良ちゃんの件もあるから、八重垣の人間の誰かが犯人、って可能性もある」

千絵は頷いた。

「可能性で言ったら一番高いわよ」彼女もそのあたりは考えていたのかもしれない。「何しろ事件が起こったのは川の『こちら側』だもん」

栄蔵、咲良、手塚、ヨシエ、小杉――タブレットに本家に出入りする人間の名前を記入していく。

「ちょっと待って水森君」さすがに僕は口を挟んだ。「咲良さんも犯人候補なの？　彼女はまだ高校生だよ？」

「彼女は光男のストーカー被害者でもある。動機がなかったとは言えねえよ。いくら身内でも、容疑者から除外するには、それなりの根拠が必要だ」

「アリバイ――アリバイはあるんじゃないかしら」と千絵。「あの子、夜の時間は家にいることの方が多いし」

「俺もそう思って手塚さんに聞いてみたんだ」

この男、既に独自の調査を始めていたようである。全く気付けなかった。昨日の夜の段階ではそんな素振りは一切見せなかったのに。

「咲良ちゃんは学校から帰ると、本家の奥の自分の部屋に閉じこもってしまうらしい。何をしているのかまではさすがに分からなかったが、ほぼ毎日そうなんだそうだ」

「ああ、そうか、じゃあアリバイないや」

千絵が残念そうに呟いた。

「アリバイがない――どういうことですか」

「咲良の部屋には大きな窓がついててね、あそこからなら、みんなの目を盗んで外に出ることが可能よ」

「なるほど――でも、どうしてそんなことが分かるんでしょうか」

「私も、よく抜け出してたからよ――」

聞かないで、と小さく付け足した。

「つまり、咲良ちゃんには事件当日のアリバイがなかった、というわけだ」

僕たちは、栄蔵、手塚、ヨシエ、小杉にも同様に、これといったアリバイはないことを確認した。アリバイを証明できる者ナシ――水森が書き込む。

「この段階では、まったくのお手上げ状態だ。いったん犯人の謎は置いておくとしよう。――で、次の謎はこれだ」

――**2、なぜ島田光男はセイタカ様の足元で死んでいたのか。**

「言われてみればそうよね」千絵は神妙な顔で考え込む。「どうして島田の人があんな場所にいたんだろう」

島田の家は川向こう。何故、川のこちら側にあるセイタカ様の足元に死体が転がっていたのだろう。

「犯行現場はあそこだ。流れていた血の量から考えても間違いないって警察も言っていた」

僕たちは確認し合うように頷いた。

「となると、考えられる可能性は二つあると思うんだ」

「二つ?」

「そう。一つは、光男君が自らの意思でこちら側に来た場合」

水森はメモを書き足していく。

つまり、咲良に会いに来た可能性もそこに含まれるということか――僕は考える。その場合、光男はわざわざセイタカ様の方向に遠回りして八重垣家に向かったということになる。

これは少々おかしい。

正直にそう伝えると水森も頷いた。

「凶器が用意されていることから考えても、突発的な事故であるとは考えられないだろうな。だから可能性として、光男が光男の意思でセイタカ様の前までやってきたとは考えにくい。そこで、もう一つの可能性――」

「島田光男さんは、こちら側の『誰か』に呼び出されて、セイタカ様の足元までやってきたってことだね」

「察しがいいな。そういうことだよ」

「僕もそれしか考えられないと思うから」

セイタカ様の近くは見晴らしをよくするために民家が少なく、人通りも少ないはずだ。そんな場所にたまたま橋を渡って来ていた光男が通りかかり、そこでたまたま刃物を持った犯人と出くわし、一撃で心臓を貫かれて――そんな偶然、起こりようがない。

島田光男は、こちら側の誰かに呼び出された。おびき出された、と言ってもいいのかもしれない。そして、セイタカ様の陰に潜んでいた犯人にいきなり刺された。

「計画殺人ってこと？」千絵が口元を押さえる。「この村でそんなことって――」

「でも、今のところほかの理由は思い当たりません」

僕の言葉に水森も頷いた。

「俺も同意見だ。警察も、きっとそう考えているんじゃないかな」

そうなると、今度はどうやって光男をおびき出したかが気になる。

「やっぱり咲良さんのことをエサに呼び出したのかな」

「八重垣に近しい人間に、光男君と親しいヤツはほとんどいないだろうからな。土地がらみの話では光男君なんて呼べないだろうし、やっぱ咲良ちゃんをダシに使ったって考えるのが妥当だろう」

「何か弱みを握られていたとかは？」千絵が言う。「アイツなら犯罪まがいのことに手を出しててもおかしくないわよ」

弱みをネタに脅迫して呼び出した、ということか。

「ありうるな――ただ、これに関しては今のところは分からない、っていうのが正直なところだ」

推理を先に進めるには材料が少なすぎる。

「そうだね。推測しかできなさそう」

「じゃあ次の謎だ」

――3、なぜ光男は殺されたのか。

これに関しては水森も千絵も全くのお手上げであった。明確に関係があるのかは分からないが、確かに咲良はしつこく言い寄られてはいた。しかし、これだけでは動機を絞り込むのは難しい。

「そもそも、そんなことで光男君を殺すの？　咲良が？」

こればかりは千絵の言葉に首を捻った。

「考えにくいよな。土地の利権がらみが動機なら、莫大なカネが動くはずだから、あるいは、だが――」

「でもさ、その場合ってターゲットになるのは栄蔵さんの方じゃない？」僕は言う。「八重垣の土地の問題は、栄蔵さんが島田側に土地を売らないと、頑なに拒否していることがきっかけなんでしょ？　たとえば栄蔵さんや咲良さんが光男さんを殺害したとして、八重垣側になんのメリットがあるのかな」

「そうなんだよな」水森は長い髪を両手で後ろにかき上げた。「その通りだよ。土地問題において、光男君が殺される動機になりそうなことは何一つない。島田側がお義父さんや咲良に手を出すならともかく」

ただ、アイツは恨まれ体質だったからなあ――そう付け加えてため息を吐いた。

そこからしばらく議論は止まってしまった。僕は食後の緑茶を啜りながら、水森と千絵の様子を交互に窺った。

「ここで立ち止まっていても埒《らち》が明かないと思う。この答えは後でもう一度考えるとして、次の謎に移ろう」

僕は頷いた。

――4、ケンちゃんが死んだ理由。

水森に促された僕は、咲良と一緒にこしかけ山に登ったこと、奥ノ院で駐在の充と遭遇したこと、そして下山の途中で樹木からぶら下がる健三郎の遺体を発見したことなどを説明した。

「俺が農協で聞いた話と大筋で一致してるな」

どうやら事件のことは既に村中に知れ渡っているらしい。

「死因は頸部圧迫による縊死《いし》、ってところか」

「僕は近くで見ていないから詳しくは分からない。ごめん」

咲良ならあるいは覚えているのでは――とも思ったが、まさか今の彼女にそれが聞けるとも思えない。

「充君はどうかしら」千絵がふと思い出したように言う。「彼は小さい頃から咲良の面倒を見てくれていたし、ケンちゃんとも幼馴染だったでしょ？　何か見たり気付いたりしてないかな」

「ああ、確かに」こしかけ山でのことを思い出す。「咲良さんや充君は、自殺じゃない、って思っているように見えましたが」

水森はううむ、と唸りながら顎に手を当てた。

「現状の情報だけでは他殺とも自殺とも判別できないな。そうしたら次の問題は、死体の発見場所がこしかけ山だってことだ」

水森が言う。

——5、ケンちゃんの死体が山中にあった理由。

「嫌な想像だが、もしもこれが連続殺人事件なら、犯人は光男君の時と同様に、ケンちゃんを人気のないこしかけ山におびき出して首を絞めて殺した——ってことになる」

「ウーン」

僕はその前提に立って想像を巡らせてみた。土砂崩れで立入禁止になっていた山中であれば、確かに犯行が見つかる可能性は小さくなるだろう。しかし、つい先日、陰惨な殺人事件があった村である。そう易々と誘いに乗って現れるだろうか。

また、どんな理由があれば立入禁止のエリアでの待ち合わせに応じるのだろうか。これも考えにくい。

「俺は違うと推理している」

水森は言う。そうすると――

「自分から？」

「少なくとも、俺はそう思っている。光男君の時とは逆だ。ケンちゃんは、自分の意志で山へ入った。あの奥ノ院に用があったのか、あるいは」

「誰かを追っていったのかもね」

その時、千絵が息を呑むのが分かった。

見ると、大きく目を見開いて虚空を見ている。

「もしかして――」掠れるほど小さな声で彼女は言った。「自殺？」

しばらく沈黙が訪れる。

水森は難しい顔をして目を閉じている。

僕は考える。

確かにあの場所なら、誰か他の人間に見つかるおそれは少ないだろう。しかしあの場所に誰かにおびき出されて行くような人間はおそらくいない。今回はたまたま僕や咲良が踏み入っただけで――。

あ。そうか。

そういうことなら説明がつくのか。

「――咲良さん、か」

僕がそう呟くと、水森もああ……と、椅子に深くもたれかかった。

「なるほど、どうやら、それだ」

「それって？」千絵だけが困惑顔のままだ。「どういうこと？」

「ケンちゃんは、自分の死体を咲良に見つけてほしかったんだ」

ああッ！　と叫んだ千絵は、またしても目を丸くして口元を覆った。

ケンちゃん――鈴本健三郎もまた、八重垣咲良に好意を抱いていたのだとしたら。

「光男君を殺害した犯人は、ケンちゃんだったのかもしれない」

水森は静かに、そしてひとつひとつ、ことばを確かめるように言った。

「ケンちゃんもまた、光男君と同じく咲良ちゃんに好意を持ち、ひそかに彼女のことを見守っていた。彼らは幼い頃から親しくしていたはずだから――ひょっとしたら、ずっと遠い昔から、なのかもしれない。そんな折、川向こうの島田光男が、咲良ちゃんに言い寄り始めた。ストーカーまがいのことをされ、危険なのではとないかと考えたケンちゃんは――」

あの日、光男を殺害するためにセイタカ様の足元に呼び出した。

水森は続ける。

「衝動的な殺人の可能性もわずかだけどある。本当は刃物で脅すだけのつもりだったのかも知れない。咲良へのストーキング行為を止めろ、って。だが、交渉は決裂。ケンちゃんは光男を殺してしまう」

「そのあと、第一発見者を装ったってことになるね」

僕は言う。つまり二日前のあの夜、光男は死んだ直後だった、ということだ。

「とりあえず俺たちの目は誤魔化すことに成功したケンちゃんは、今度は自分の犯した罪の大きさに苛《さいな》まれることになる」

「――確か、昨日のお昼に咲良さんが山に入って行った姿を見つけたのはケンちゃんだったよね」

「思えばあれも、咲良ちゃんのことが気になって、後を追ううちに山に入ったのを見てしまった、ということなのかもな」

健三郎もまた、咲良にひそかに思いを寄せ、悟られぬよう、ストーキングを行っていた人間の一人だった――。

一昨日のあの騒動の時、取り押さえられた咲良を見た彼は、こしかけ山に彼女が大切にしている秘密基地があることを知った。

だから死に場所を、奥ノ院の近くの森に定めた。

最期の姿を、咲良に見せるために。

確かに筋の通ったシナリオだ。

「ケンちゃんは沼神神社を抜け、山奥の森の中で自ら首を吊った。木の幹を利用すれば踏み台は要らないし、立入禁止場所だから誰かに見つかるおそれもない」

千絵は絶句している。何度も何度も首を小刻みに横に振っては、言葉にならない言葉をなんとか発しようとしている。

「水森君は、それが真相だと思う？」

僕は尋ねた。

「今考えられる可能性の中で、一番有力じゃねえかな」

「そうかもね」

「そんな」千絵はようやく言葉を発した。「あのケンちゃんが……あの優しくて小心者で、おっちょこちょいなケンちゃんが、人殺しなんて」

「小心者だったからこそ、包丁なんかを持ってってたんだろうよ」と、水森。「そして、咲良ちゃんを守ることに命を懸けてしまった」

水森の推理に矛盾はなかった。

彼はメモパッドに書き込みを加えた。

――6、健三郎が、光男殺しの犯人なのか。

「さあて、こればっかりは証拠も何もない状況では何も分からん」水森も両手で小さく『お手上げ』のポーズを作った。「明日充君にも話をしてみよう」

僕は昼間のやりとりを思い出してみた。

あの時の二人の口ぶりから察するに、充は健三郎とも親しい間柄だったのだろう。咲良と充と健三郎。村にいる数少ない年の近い友人たち。

だからこそ、この話をどうとらえるのか。

余所者の僕には、他人事であることには間違いない。

だが、咲良はどうだ。充は？

耐えられるだろうか。

もしもこの推理が正しかったならば、その衝撃は想像すらもできない。

僕らはずっと黙っていた。

いつしか各々が立ち上がり、食器などを片付けた。

自然と部屋に戻る流れになった。

そして、ゆっくりと、日付が変わろうとしていた。

※

明日、僕は東京に帰る。

東京に帰る前に、僕にはやらねばならないことがまだ残っていた。

沼神神社の物置小屋から発見された『沼神文書』。そこには意図的に隠されたメッセージがあった。僕の中にあった輪郭のないもの——靄《もや》のようだったそれは、はっきりとした形象をつかみ取れるようになっていた。

そう、古文書の謎は、解けた。

この村の秘密。そして、八重垣家の秘密。

確かめよう。あの人は、きっと知っている。

僕は村に持ち込んだ『ソレ』を、リュックサックから取り出して見つめた。心を落ち着かせたいとき、僕はいつもそうする。

目を閉じてみるが、瞼《まぶた》の裏に、涙を流す咲良の姿が焼き付いていて離れない。

もうあんな想いはしたくないな。

そんなことを考えていた。

「鉄生——」脳内に、祖父の温かい声がよみがえる。「弱い人を、助けてあげられる、大人になりなさい」

咲良は弱い人なのだろうか。

僕よりも強い。そんな気もする。

だけど彼女は泣いていた。

どうしたら救えるのだろう。僕はそのことを考えていた。

「あたし、この村がすき」

咲良の声が聞こえる。頭の中に反響する。

僕はどうだろうか。ふと考える。

自分の故郷を、生まれ育った町を、好ましく思ったことはあっただろうか。

「黒木君のおじいさんも」咲良は僕をまっすぐに見て言った。「黒木君みたいに優しく穏やかな人だったんかなあ」

僕は優しくなんかない。

彼女は誤解している。

僕は――

僕は本当は――

故郷のことが、嫌いだった。

「あたし、この村がすき」

咲良の声が何度も何度もリフレインし、ゆっくりと眠ることはできなかった。

◆　◆　◆

その記憶はいつのものだか判然としない。

珍しく父に連れられて遠出したことがあった。

車と電車を乗り継いで、何時間も。

村の外に出ることなんて滅多になかったから、幼い胸は大いに躍った。

車窓から見える景色は新鮮で、飛ぶように流れていく長い長いパノラマ写真のいたるところで、自分の知らないドラマが起こっているのだ。そう考えるだけでドキドキした。

その間、父と会話を交わしたであろうか。覚えていない。何か他愛もないことを話したような気もする。

父はゴツゴツとした手で、幼い小さな手を握ってくれた。その温もりと感触だけは、妙に鮮明に覚えている。

故郷と似たような風景の駅に降り立ち、バスに乗り換えてさらに数十分。

すっかりくたびれた自分の手を引き、連れていかれたのは薄暗い森の中にある鬱蒼とした祠《ほこら》のような場所だった。ここでも何かしらの会話を交わしたかもしれないが、全く記憶には残っていない。

祠に手を合わせた父をまねて、両手をぱんぱんと叩く。美味しいおやつが食べられますようにとか、テレビゲームを買ってもらえますようにとか、そんなことをお願いした気がする。

しばらく、そうしていた。ほんの数分間の出来事。しかし、幼い子供の感覚では、それは何十分にも相当する長い時間に感じられた。

再び父に手を引かれて歩き出す。

名前を呼ばれる。

顔をあげると、父は真剣なまなざしで森の奥深くを見つめていた。その方向を指さす。

『この先に、――が住んでいる』

聞いたことがない名だ。

――だれ？　そのひと。

父は歩くのを止めた。

『ずっと待ちわびているお方だ』

そう言いながら、ポケットから、手のひらサイズの綺麗な石を取り出す。

正直、この時の父が何を言っているのか、全く理解できていなかった。

ただ、父が見つめるずっと先に、大きな古い家があったこと、そして、その双眸が、微かに潤んでいたことは覚えている。

そんな父の顔を、見たことがなかったからだ。

古い家の扉が開く。

自分よりも年上の、おとなしそうな少年が現れた。

少年はまだ成長期の身体に不釣り合いなほど大きな荷物を背負っていた。

父と二人で静かに見守る。

少年は庭に積み上げられた薪《まき》を両手に抱えられるだけ持ちあげた。

一瞬だけ、目が合ったようにも感じた。

不思議そうな眼差しでこちらを見て――そう感じたが、実際は気のせいだったのかもしれない。

少年は何事もなかったかのように家の中に戻って行く。

父に話しかけようか迷ったが、

『今はまだその時ではない、今は――』

そう言うと父は、幼い左手を、より強く握りしめた。

やっぱり父の瞳は、潤んでいるように見えた。

意を決して尋ねてみる。

――泣いてるの？

父は小さく息を吐き、そして言った。

『あの少年はね――』

その時聞いた少年の名前を、いつまでも忘れることはできなかった。

四日目

雨音が聞こえる。

水森家で迎える三度目の朝。

窓を打つ水滴の音は、予想以上に荒天であることを知らせてくれる。

ああ、こんなに降るのか――村を発たねばならない日に、あいにくの空模様である。

事前に調べていた天気予報では、こんなに降る予定ではなかったように思う。天気予報とはかくもあてにならぬものである。

リヴィング・ルームに降りると水森が気怠そうに珈琲を飲んでいた。表情に疲れが滲《にじ》んでいる。無精ひげがひどく濃くなっている。

「眠れなかったみたいだね」

「お前もな」

水森はそう言って鼻を鳴らした。僕も肩をすくめる。

「やっぱり昨日の件、か？」

「うん。水森君も？」

「やっぱり、ケンちゃんが犯人だとは信じられない」彼はぼさぼさの長い髪を左手でぐちゃぐちゃとかき上げた。「だけどさ、他に思いつかねえんだ」

そこにキッチンにいたらしい千絵も現れた。

「あ。黒木君、おはよ」

「おはようございます。二人とも早いですね」

「農家の朝は早いのよ」千絵は微笑む。「ねえ、私もあれから考えたんだけどさ」

「はい」

「やっぱり光男君やケンちゃんを殺したの、昨日屋敷に現れたっていうあの男なんじゃない？」

あの男。僕はすぐに思い出した。ウーン、と水森は腕組みをする。

安井章という名の、胡散臭い肩書の男。確かに外見からして怪しい。ビン底のような眼鏡の奥の目つきも明らかに狂人のソレだったように思う。しかし――

「動機がない」水森が言った。「どうしてあの男が島田の次男坊やケンちゃんを殺さなきゃならないんだ？」

「シリアルキラーだったとしたら？　映画とかによく出てくるじゃん。誰彼かまわず殺しちゃう無差別殺人犯」

「あの男が？」

快楽殺人者、ということだろうか。言われてみると、昨日見たあの男が『その類の狂気』を孕んだ人物だったようにも思えてくる。――完全に見た目の問題だと思うが、そうであっても違和感がない。

「確かに殺人鬼のような目をしていましたよね」

「そもそもよ、コウショウブンゲイだなんだって言ってるけど、こんな縁もゆかりも何もない村に来ること自体がおかしなことじゃない？　胡散臭いし」

確かにそうなのかもしれない。胡散臭いはその通りだと思う。

「なあ千絵」水森が遮って言う。「お前の言うことも分かる。それに、村人が人殺しである可能性を消したい気持ちも分かるさ。けど、やっぱり現実問題、それは考えにくいよ」

「え、なんで？」

「光男君が、セイタカ様の足元で殺されていたことの説明がつかない。光男君が川のこちら側に来て、たまたま通りかかったセイタカ様の前で、たまたま血に飢えた安井に襲われたってことだろ？」

「ああ」千絵は察したようだ。「そうよね、セイタカ様の付近にいる理由がないわ。呼び出されたとしても、初対面の得体の知れない部外者からは――さすがの光男君もそりゃ警戒するかあ」

「そういうことだ」

そっかぁ……と千絵は少し落ち込んだ様子である。余所者が犯人であってほしい。そう思いたかったのだろう。

「そうするとやっぱり、ケンちゃんが、ってことなのかな」

「今日、警察署にツテのある知り合いに昨夜の話をしに行こうと思う」

「そんな人知り合いにいるの？」

僕は驚く。

「お義父さんのところにいると、勝手に人脈が広がってくんだ」

「なるほど」

確かに栄蔵のところには警察関係者の出入りもあると言っていた。

「僕は夕方までに沼神文書の文字おこしを終えるよ。文字データは後日水森君のメールアドレスに送るね」

「サンキュな。小杉さんも喜ぶだろう。で、今のところどうなんだ」

「どうって？」

「どれだけの価値があるんだ」

「価値」僕は言葉を選んだ。「興味深いことだらけだよ」

そうか、そりゃよかった、と水森は満足げに言った。

本当は昨日までに分かったことを水森に話すつもりだった。しかし、今はそれを聞くべき相手は彼ではないと考えていた。きっと、この村の真実を間違いなく知っている人物が、一人だけいる。

「まだ終わったわけじゃないが、本当にありがとう。お前がいて助かったよ。久しぶりに会えたんだから、もっと楽しい話がしたかったところではあるが――」

「仕方ないよ、あんな事件が起こっちゃったんじゃ」

「今度俺も東京に行くから、その時は一緒に飲もう」

「おごってね。そして僕は下戸だよ」

「おお、そうだったな」

そこでようやく水森の顔に笑みが戻った。

朝食はフレンチトーストだった。この村で食べる、おそらく最後の千絵の料理になるだろう。

最後の最後まで、田舎の農村であることを感じさせないメニューだ。

またしても美味であった。

「ごちそうさまでした」

※

「おはようございます」本家の屋敷では小杉が出迎えてくれた。「今日は早いですな」

「おはようございます、小杉さん。最終日、よろしくお願いします」

小杉は僕の顔を一瞥すると少し驚いたようなリアクションを取った。

「今日はなんだかその――お疲れのようですね」

「昨夜あまり眠れませんでした」

「それはそれは。そうでしたか」

小杉も小杉でどこかやつれたようにも見える。みんな、心のどこかで事件のことが引っ掛かっているのか。『部外者』である自分ですら眠れない夜を過ごしたのだ。自分の管理する境内で人が一人亡くなった小杉の心労は、推して知るべしだろう。

「だけど今日は僕が滞在できる最後の日ですので、頑張らないとですね」

「いやはや、おっしゃる通り。黒木さん、お願いしますよ」

夕方になったら、水森が僕を迎えに来ることになっている。そうしたら僕の仕事は終了となり、来た時と同じ無人駅から電車に乗って東京に帰る。

それまでには、解読作業を終わらせないと。

僕は粛々と文字おこしに集中した。

昨日満足に睡眠が取れなかったのもあるのか、手が思うように動かない。しかし、僕の目と思考回路は古文書から離れることはなかった。

小杉は僕がＰＣに打ち込んだ文章を丹念に読んでいる。タイプミスはほとんどしなかったが、時折書いてあることと違う文字を打ち込んでしまうことがある。そういう時に小杉が指摘して修正を入れてくれる。

彼は時折「ははあ」とか「ほう」とか呟きながら沼神文書を読み進めていた。この土地に古くからいたわけではない小杉家からすれば、自分たちの知らないこの村の歴史が多く語られているはずである。きっと興味深いものであろう。

人と土地は、決して切り離すことができない。現在は広大な農耕地を持つこの村にも、様々な試練や挫折があったに違いなかった。

小杉の指があるページで止まる。

「黒木さん、黒木さん」

「はい」

「これ、どういうことでしょうか。この『男子なし』って」

「文字通りだと思います」

「えっと、つまり……」

「男の子が生まれなかったということです」

僕は千絵の言葉を思い出す。『実はお父さんも婿養子だったらしいよ。どういうわけか生まれてくる子はみんな女の子。私のほかには妹が一人いるだけだし』──たしかそう言っていたはずだ。

「でも次の当主も、八重垣喜平太《きへいた》──男性の名前ですよ」

「ええ、だから、その人も婿養子です」

小杉は茫然とした顔になっている。驚いた、というのとは違う。どうリアクションしたらいいか分からないときの表情だ。

「この八重垣の家は、ほとんど——いや、もしかしたら歴代すべての当主が、よその家からの婿養子なんだと思います」

「そんなことってあるんですか？」

「分かりません。でも、この文書を読む限りその可能性は非常に高いと思います」

「なんてことだ」

僕はそれを、あの人に確かめなければならない。

「ねえ黒木さん」

作業を続ける僕に小杉は話し続けた。

「私にはどうにも不思議なことがありまして」

「不思議なこと」

「ええ。はい。なんで、この文書は——」小杉は一呼吸置いた。「室町時代後期からの記録だけしか記されていないんでしょうか」

「たとえば」僕はキーボードを打ちながら答える。「それ以前の文書は、失われてしまっているのかもしれない」

「いやあ、そりゃあ変です。だって、この文書の序文を読むと、まるでそこから八重垣家は始まりましたよ、みたいな書き方じゃないですか」

「そうでしたか？」

「私にはそう読めましたねえ」小杉は口をへの字に曲げて言う。「これじゃあまるで、八重垣家にはそれより前の時代が、なかったみたいじゃないですか」

僕は作業の手を止めて少しだけ考えた。

「――考えすぎじゃないでしょうか」

「そうですかね」

「現に八重垣家は存在しています」僕は言う。「存在した、ということは、ご先祖様がいた、ということです」

「ああ、まあ、そういうわけですわな」

とはいえすべてが腑に落ちた、というような表情ではなかったが、小杉はそれ以降、疑問を口にすることはなくなった。

時計の針が十二時半を指す頃、ヨシエが僕たちを呼びに来た。

「お食事の用意ができました」

元来小食の僕はあまり乗り気ではないのだが、用意をしてくれているものを無駄にするのは気が引ける。僕はありがたくいただくことにした。

広間には栄蔵と手塚がいた。卓上にビール瓶が置いてあるところを見ると、もう既に酒宴を始めていたのかもしれない。

「黒木君は下戸だったな」

そう言って栄蔵はコーラを出してくれた。

小グラスに注がれる黒い液体を僕はじっと見つめながら、言葉を探していた。

小さな泡が、生まれては立ち昇り、パチパチ弾けて消えていく。

「畏れ入ります」

「古文書の方はどうだい」

昨日は険しかった栄蔵の表情は、従来の穏やかなものに戻っていた。柔和な表情のほうが、やはり彼らしいなと思う。

「おかげさまでもう少しで目途が立ちそうです」

「それはよかった。本当に助かるよ」

栄蔵にとっても、健三郎の死による精神的なダメージは大きかったのだと思われる。薄っすら充血した瞳からも、それが窺える。

「八重垣家では、生まれてくる子はみんな女の子」ヨシエが運んでくる昼食をぼんやりと眺めながら、僕は無意識に口を開いていた。「千絵さんが言っていました。この家では、女子ばかりが生まれる、と」

栄蔵は何も答えない。

その沈黙が答えだと、そう感じた。

僕は呟くように続けた。

「古文書を読み進めるうちに、僕はあることに気が付きました。それは八重垣という家にかなり踏み込んだ『憶測』でした。正直、栄蔵さんに確かめるべきかどうかは悩みました。あくまでこれは古文書の中の話。見当はずれのおそれもありました。――僕の憶測、お話ししても？」

小杉が興味深そうにこちらを見つめているのが分かる。――が、僕は栄蔵から目を離せなかった。栄蔵も、穏やかな表情でじっと僕の目を見ている。

僕はそれを受容と受け取った。

「沼神文書には、八重垣家の当主の名前が書き連ねられていました。室町後期の戦国時代から、江戸時代中期・後期までの約十代。長生きの人もいれば、短命で果てた人もいます。でも、その誰もが、先代当主との血縁関係について書かれた記述が存在しないんです」

「ウーム」小杉が唸るように言った。「本当に、よく気付きましたね」

「――続けてくれよ」

栄蔵は、ビールに口をつけて言った。

僕はこくりと頷く。

「本来、家系図を著す書物は、系譜が明らかになるように記述されたものが多いです。古い時代のものですが、『古事記』や『日本書紀』も、その出自や血縁をはっきりと書き記すことにより、天皇家や貴族の由緒が正統なものであることを証明せんとするものです。なのに、沼神文書には、人物同士の血縁を指し示す『証拠』が、何一つ残されていない。少なくとも、読み取れる部分から読み取れる血縁は皆無だ。はっきり言って、不可解です」

「そうかね」

「はい。でなければ、なんでこんなものが作られたのか分かりません。存在自体が、矛盾してしまいます」

「なるほどねえ」

「当主――孫二郎から続くはずの八重垣家歴代当主は、すべて『男性』であると記述されています。しかし、前当主と次の当主の血縁が示されていないことが、とても不思議でした。こんな家系図は、見たことがない」

「うん、そうだろうね」

「また、沼神文書には劣化により解読不能になった箇所とは別に、意図的に塗り潰された部分がありました。僕は気が付きました。意図的に隠されたのは、八重垣家に生まれた男児に関する記述なんじゃないかって」

栄蔵は僕から目を離さない。

僕は、いよいよ決意を固めていった。

「八重垣家は、女系相続の家なんですね」

小杉も栄蔵も、黙って話を聞いている。

「だとしたらすべて説明が付きます。八重垣家は、生まれてきた女子が婿養子を取ることによって、はじめて相続ができる家だった。表向きは連れて来られた婿が八重垣の新当主となる。しかし実際は、その相続権は女子にあった」

栄蔵は頷きもせず、じっと僕の話を聞いている。

「しかもそれは、昨日今日始まったことではないんじゃないかと思います。ずっとずっと、遥か昔から、八重垣の家は女性が相続することで脈々とその伝統を受け継いできた。そして、その事実は、どういうわけかは分からないけど『秘密』にされ続けていた。違いますか」

「違うと言ったら？」

「――そう仰るのならば、僕はおとなしくそういうものかと納得するだけです」

「さすがは黒木君だな」栄蔵はくしゃっと笑った。「じゃあ何故、私たちは『秘密』を守らにゃならんかったんだい」

「家父長制です」僕はすぐに答えた。「近世の日本では家父長制が敷かれ、貴賤問わず、長兄の相続が常識だったはずです。そんな時代に、八重垣家が女系であることが外に知られると困ることがあったのではないでしょうか」

「困ることとは？」

「そこまでは分かりません。でも」と、続ける。「この沼神文書は、男子の当主の名前を書き記すことによって、表向きには男系で相続が行われてきたが、実際は女系相続であることを巧みに隠そうとして書かれたものなのでは、というのが僕の考えです」

「つまり、婿養子はカムフラージュで、真の跡継ぎは、女性だ、と、こういうわけだ」

「間違っていますか」

「いや、黒木君の考えた通りだよ」

ヨシエが食事を運び終えた。美味しそうな匂いのする料理が並んでいる。この村で収穫されたという米や野菜を中心に、焼き魚や漬物が食卓に並ぶ。

彼女はすべてを知っているのだろうか。淡々と自分の仕事をこなしている。

小杉は――ただただ感心したように頷いている。やはり彼は知らなかったのだろう。

「実を言うとね、沼神文書が発見されたとき、八重垣家の秘密について、書かれているのかもしれないとは思っていたんだ」遠い目をしながら栄蔵は語る。「だから、志紀君が東京から古文書オタクの君を呼び寄せた時、止めようかと何度も思ったんだよ」

「何故、水森君を止めなかったのですか」

「期待さ」

「期待」

「そう、私はね、誰かが――志紀君や君のような村の人間ではない誰かが、この秘密に気付いてくれることを、期待してしまったんだ。ぶっ壊してほしかったんだな、きっと」

彼の目は優しかった。

「この八重垣の家ではね、黒木君」

「はい」

「千年以上もの間、女子が家を継ぐのがしきたりだったんだよ」

「千年！」小杉がようやく声を発した。「そんな昔からですか」

途方もなく長い。

「具体的にいつから始まったのかは私も分からない。でも、私の妻も、その母も、ずっとずっとこの重圧と秘密を守り、抱え続けてきたんだ」

ゆっくりゆっくり、彼は語り始めた。この広大な土地と秘密を受け継ぐ重圧。それは如何ほどのものなのだろう。

想像さえつかない。

「栄蔵さん、教えてください」僕は言った。「八重垣の家の役割って、何だったんですか」

ほんのわずかに流れる沈黙。栄蔵の表情にはただ、微かな安堵に近い感情がにじみ出ていた。

「これから話すことを信じるのも信じないのも、黒木君の自由だ。公表したいならそうすればいいし、しなくてもいい。私は、今からこの家の禁を犯して私の知るすべてを君に話そう。いいかい」

「分かりました」

「ありがとう」栄蔵は再びビールに口をつける。「八重垣はね、巫女《みこ》の家系なんだよ」

「巫女？」

「厳密にいうならば違うのかもしれない。しかしね、この家に生まれる女子には、代々『神の声』を聞く力が備わっている――そう信じられてきたんだ」

「神の声ですか」

「私は、そんな非現実的な謂れなどどうでもよかった」栄蔵は続ける。「だが、八重垣家のしきたりの一つに、女系の血を何としても守らなくてはならない、というものがあった。私の妻は、それを愚直に守っていたんだ」

「それは何故でしょうか」

「来るべき時のために――妻はそう言っていたよ」きたるべきとき。僕は口の中で小さく反《はん》芻《すう》した。「いつか『王』の血を引くものがこの地に帰還する。その時まで、私たちは八重垣の女系の血を、絶やしてはならない、それこそが『償い』なんだってね」

「償い、ですか」

「私にも分からない。妻は答えてくれなかったよ」

僕は考える。

千絵は――そして咲良は、その話を聞いていたのだろうか。

「この秘密はね、本当は誰にも知られてはならないものだったんだ。本当のところ、その理由は私にも分からない。妻もすべてを教えてはくれなかった。私や、ごく一部の限られた人間だけが、女系相続のことを知っていた。そしてそれを、外部にひた隠しにしてきた」徐々に栄蔵は饒舌になっていく。「しかしね、私にはね、何故家の者がその秘密にこだわるのか、全く理解できなかったんだ。そんな古いしきたりや言い伝えなんてどうでもいいんだよ。私はフルイモノに執着がないんだよ。分かるかい。だから黒木君、君が来てくれて本当に良かった。ようやく踏ん切りがついたよ。確かに男子には恵まれなかったが、こんなくだらない伝統は私の代で終わらせようと思っている」

「それは——どうやって？」

「むろん、志紀君だよ」栄蔵の声が、微かに熱を帯びていく。「この家は彼に相続してもらう。それで、この古いしきたりは御仕舞いだ」

「カムフラージュの婿養子ではなく、ということですね」

本物の当主として、新しい八重垣を。

「彼なら、この村の——いや、八重垣家の、新しい秩序を作ってくれると思うんだ」

栄蔵の期待が、なんだか理解できる気がした。彼なら、八重垣志紀なら、伝統に縛られず、新しい八重垣の家を作っていくことだってできるのだろう。

しかし、僕は腑に落ちなかった。

「どうしてでしょうか」首を傾げる。「どうしてそこまでして、何代にもわたって続いてきた家の伝統を壊したいんでしょうか」

一瞬、静寂が訪れる。

何かおかしなことを言ってしまっただろうか。少しだけ焦る。

しかし聞かずにはいられなかった。僕の心のどこかに、伝統は守られるべき、という考えがあったからだろうか。

それとも、僕自身の『記憶』のせいなのか。

目を伏せて表情を変えないヨシエ、茫然とする小杉。

まるで世界から音が消えたような感覚がした。実際にはそんなことはないはずだった。しかし、僕の耳には、何も入ってこなかった。

やがて、栄蔵は言った。

「これはね、『呪い』なんだよ、黒木君」

「呪い」

「そう。八重垣家に生まれた女子にかけられた、古くからの呪い。よその人間には理解できなくとも、彼女たちを縛り付けるのに十分な――」

脳裏に咲良の顔が浮かんだ。

千絵ではなく、咲良の顔が。

ああ……僕は悟ってしまった。彼女は、もしかしてこのことを――。

「――うん、話し過ぎたかな。さあさあ、辛気臭い話はここまで！」栄蔵は手を打ち、うって変わって明るい声で言った。「どうぞ、召し上がってください。こんなことしかできませんが、これは私たちからの心ばかりのお礼です。ウチの米は美味いですよ」

「――ありがとうございます」

僕は深々と頭を下げる。

出された料理は、遠慮なくいただいた。

ヨシエが作ってくれた料理も、本当に美味しかった。

※

三時を告げる柱時計の鐘が鳴る。

作業を再開していた僕と小杉は、昼食以降、ほとんど口を開いていなかった。小杉も驚いていたのだろう。おそらくは、女系相続の話は、本当に門外不出の『秘密』だったのだ。

「もう三時ですね」

沈黙を破ったのは小杉だった。

「そうですね」

「あと少しですね」

「はい」僕は顔をあげて首を回す。「頑張りましょう」

小杉は何か言いたげな表情で沼神文書を見つめている。

きっと先ほどの話のことだろうが、僕は既にそのことに興味を持っていなかった。栄蔵の表情からは、迷いは読み取れなかった。彼が決めていることに僕がどうのこうのと口を挟むのは筋違い、というものだろう。

だからこそ今は、自分の仕事を終わらせることに集中したい。

小杉の目線には気が付かないふりをすることに決めた。

——いや。ん、あれ。

僕は手を止めた。

時計を見る。——午後三時。

「あの。えっと、小杉さん」動揺しつつ尋ねる。「咲良さんって、今日はこちらには来ないんでしょうか」

「あれ、本当ですね」

彼女は毎日この時間、仏壇に手を合わせに来ていたのではなかったか。

「来ない日もあるんですか？」

「多少のズレはありますが、家にいるときはいつも来ていますよ」

胸が微かにざわつくのを感じる。

「もしかして、外出中なんですかね」昨日、あんな事件があったばかりだ。彼女の外出を栄蔵が許すだろうか。「それとも学校に、行っているのでしょうか」

「ああ、そうかもしれませんな。ただ――」小杉は歯切れが悪い。「彼女、今学校にあまり行ってないみたいなんですよね」

「そうなんですか」

「ええ。高校卒業しても、大学進学はしないそうで」

「就職すると？」

「ウーン、私もそのあたりはよく――」

胸のざわつきがいっそう大きくなっていく。黒い影が僕の心に降ってくる。

昨日の咲良を思い出す。瞳から感じ取った、強い決意の色。

悲しみの色とは違う、あの瞳。

もしもあの時、彼女が、何かしらの真相に気がついたのだとしたら――

「小杉さん、ひょっとしたら彼女の身に何か――」

良くないことが、と言いかけた時、仏間の襖が勢いよく開かれて腰を抜かしそうになるほど驚いた。

「あ、小杉さん黒木君、こんにちはー！」

現れたのは、昨日と同じセーラー服に身を包んだ少女だった。

「咲良さん」僕は心底安堵し、脱力した。「こんにちは。三時の鐘が鳴っても来なかったので、少々心配をしていました」

「ああ、ごめんねえ。気を遣わせちゃったね。少し出遅れただけ！　パパにもしばらくこの屋敷から絶対に出るなって言われてるから！　安心して！」

「その言いつけ、ちゃんと守ってくださいね」

「アハハ、さすがに今回ばかりは守らないとね……。これ以上、パパや手塚君に迷惑や心配をかけるのは忍びないし」

彼女の声には、親しい友人が亡くなった悲愴感も、身近で殺人事件が起こってしまった恐怖感も含まれてはいなかった。

ただひたすらに――明るい。

それは明らかに不自然なはずなのに、自然であった。

咲良は、ごく自然に明るかったのだ。

長い髪を揺らしながら仏壇の前に座り、一昨日と同じように両手を合わせる。

何かを小さな声で呟いていたように聞こえたが、何を言っていたのかまでは分からなかった。

僕は思い過ごしでよかった、と思った。

いや、本当によかった、のか？

僕は彼女に何か声を掛けようかと考えた。しかし、こういう時は何と言えばいいのだろう。

かける言葉が見つけられないまま、咲良は合掌した手を解いてしまった。

「黒木君」閉じた目を開き、彼女は言った。「今夜の電車で東京帰るんでしょ？　早かったね。寂しくなるね」

「え。あ。はい」

「昨日は嫌なことに巻き込んじゃってごめんね」

咲良が謝ることではない。

「いえ」

「あたし、もう大丈夫、だからね」

大丈夫、の部分に力が入っている。大丈夫、なのだろうか。僕には彼女の真意を汲み取ることはできなかった。

「――はい」

「警察の人も動いてくれているみたいだし、もうすぐ解決すると思う」

「そうですか。それはよかった」

「うん。じゃないと困るよね！」

「はい」

咲良は少しだけうつむいたまま、僕の方を見た。

「もしこんな村でよかったら、また来てね」

また来てね――咲良の声が脳内で反響してリフレインする。

ブラウンの瞳が僕をまっすぐに射貫いた。

僕は息が止まるような、胸が詰まるような、そんな感覚に襲われる。

また来てね、か。

僕は何か言葉を発しようとするが、結局「はい」以外の言葉が出てこなかった。

何も言うべきことが浮かんでこなかった。

僕は漠然と、嫌なモヤモヤを抱えていた。

有り体に言うならば、嫌な予感、とでも言えばいいのだろうか。

そしてこの予感は、的中してしまうことになる。

※

文字おこしの作業がほぼ完了したのは午後四時半過ぎのことだった。

「すごいですね」小杉は頻りに感心している。「まさか本当に終わるなんて」

「慣れてしまえば、ある程度の予想を立てながら読むことができます」僕は言った。「そうすれば、一文字一文字を細かく選定する必要がないですから、後半の方が仕事は早まります。もちろん、誤字や脱字がないかどうかのチェックはしないといけませんが」

「いやいや、本当に素晴らしい。感謝しています」

「恐縮です」

僕は頭を下げる。十代の頃から古文書に親しんでいた成果だろうか。当時は自分以外の人間があまりに読めないことが不思議なくらいだった。

しかし、今回はそれだけではなかった。

僕は、この『沼神文書』のことを――

僕は顔をあげた。

「小杉さん、一つお尋ねしてもよいですか」

「ははあ、なんでしょうか」

「ヌカガミ、とはなんでしょうか」

「ヌカ――？」小杉は首を傾げる。「はて、なんでしょうか。古文書にもそんな言葉、出てきたような、出てこなかったような」

「糠漬けの『糠』に、上下左右の『上』でヌカガミです」

「さあ、私にはさっぱり」

「いえ、大丈夫です。ありがとうございました」

やはり、沼神が元は『ヌカガミ』であったことを、小杉も知らなかったようだ。

宮司の家なのに、そういうことは受け継がれていないのだろうか。いや、小杉に限らず、誰も彼もが『ヌカガミ』を知らないのだろう。

忘れ去られているのか、あるいは意図的に消したか。

まあ、それも、どちらでもよいことだ。

僕にはどうでもいいことなのだ。

「ようやく終わりました。ここからは微修正のみになります。データで水森君――志紀君に送るので、後日確認お願いします。あらためて小杉さん、お手伝い、ありがとうございました」

僕はぺこりと頭を下げる。

「いやあ、黒木さんのタイピングもすごかったですよ。まるで機械のようでした！　人は目と手を別々に動かせるんですなあ」

「機械」誉め言葉と受け取ろう。「ありがとうございます」

さて、と僕は立ち上がった。

「行きたいところがあります」

※

水森との待ち合わせ時刻が迫っていた。

僕は小杉に礼を述べた後で、村のある場所に向かっていた。

住所と行き方を聞きに行ったら、手塚が車で送ってくれることになったので、その好意には甘えることにした。

「無理言ってしまってすいません」

「全然問題ないですよ。雨も強いし、俺も今日は大した仕事もなかったので」

「お仕事」

「栄蔵様や咲良さんがお出かけの時以外は、基本的に暇なんです」

「手塚さんは、どうしてこの仕事を？」

彼は苦笑した。

「お恥ずかしい話ですが、親父が借金を残して失踪しましてね。母がこの村の出身で、まだ高校生だった俺を連れてこちらに戻ってきたんです」

「それは――大変でしたね」

「そんな母と俺を助けてくれたのが、当時の八重垣家の先代の当主様です。母はこの家の家事と台所を任され、俺は十八の時からほとんど住み込みの形で専属のドライバーとして雇ってもらいました」

「なるほど」

「母は十年ほど前に亡くなりましたが、俺は八重垣の家に恩返しがしたくて、ここで働き続けているんです。栄蔵様の代になってからも、その思いは変わりません」

「そういうことでしたか」

僕は栄蔵の顔を思い浮かべる。

先代の当主と栄蔵との間に血のつながりはない。しかし、この村の人々にとって、八重垣家とは、そういう、心の拠り所のような場所なのだろう。

栄蔵は――いや、栄蔵も千絵も咲良も、余所者である僕に対して優しく接してくれた。それこそが、八重垣であり、水森が継ぐものなのだろう。

そういった意味でも、水森は適任に思えた。

少し車を走らせたところに『民宿てらだ』の看板を見つけた。もう時間はあまりない。この村を後にする前に、どうしても話を聞いてみたい人物がいた。

安井章。昨夜、八重垣家の前で充に押さえつけられていた男。口承文芸研究家、という肩書を持った胡散臭いあの男である。

「ごめんください。タケジさんいますか」手塚が僕の代わりに入り口の呼び鈴を押してくれた。「俺です、手塚です」

ガラガラと引き戸が開いてタケジが現れる。

「おう、なんだ、八重垣さんとこのヤンチャ坊主か」

「いつまで俺をガキ扱いするつもりだよ」

「ワシからすりゃあいつまでも——」タケジはふっと僕の方に目をやる。「おう、アンタァ志紀君の友達の、えっと、なんつったっけ」

「黒木です」

「ああ、そうそう、それだ。黒木さん」

「タケジさん、黒木さんがあの安井って男に会いたいんだそうだ」

タケジは片方の眉をグイっと吊り上げて怪訝な顔をした。

「安井さんに？」

「すいません、話を通してもらってもいいでしょうか」

「あんな変人に会いたいって——やっぱフルイモノ好き同士、通じ合うモンがあんのかねえ」

「そうかもしれないですね」僕は適当な相槌で誤魔化した。「ほんの少しで構わないのです。お願いできないでしょうか」

「まあ聞くだけ聞いてきてやろう。ちょっと待ってな」

そう言ってタケジは奥の部屋の方に向かっていった。

どうやら取り次いでもらえるらしい。

「よかったですね黒木さん」

「ええ、ありがとうございます」

「だけど本当に、物好きですね。あんな不審者と話したいだなんて」

「とても気になることがあって。僕もあんな古文書を読んだあとだったので、なおさら聞いてみたくなったんです。口承文芸のこと」

嘘だった。もちろん、興味がないわけではなかったが、本当の意図はそこにはない。

間もなく、タケジが安井を伴って玄関先に現れた。昨日と同じビン底眼鏡に不機嫌そうな表情。おそらく天然のパーマ。身長もそれほど高くなく、中肉中背な体型をしているが、猫背のためか、やはり全体としてずんぐりむっくりな印象だ。

カーキ色のジャケットのポケットに手を突っ込んだまま、ジトッとした目で僕の全身を嘗め回すように見ると、一言、「中で」とだけ発し引っ込んでいった。

僕は茫然としていた。

「上がっていいってさ」

タケジさんが言うまで、僕はどうすればいいのか分からなかった。

「いいんですかね」

「そういうことらしい。まあ、上がれや」

僕は手塚とタケジに礼を言って靴を脱いだ。

自治会長だというタケジが経営している民宿てらだは、年季の入った古い家を改造して作られたもののようだった。歩くと床がギシギシと音を立てる。多少壁や天井に修復の跡が見られるが、ここは目立った観光地でもない田舎の農村である。ほとんど建造当初のものと思われる。

水森が泊めてくれなかったら、僕もここにお世話になっていたかもしれない。

安井が宿泊している部屋も、建付けの悪い襖が入り口になっていた。

「失礼します」

中へ入ると、ちゃぶ台の前の座布団に片膝を立てて座る安井がいた。

「座れ」

「はい」

「アンタ、昨日八重垣の家にいたな」

「いました」

僕は向かいの座布団に正座で座った。

「堅苦しいな」

「性分です」

「まあいいだろう。名前は？」

「黒木です。東京の大学で働きながら、古文書の研究をしています」

安井はそこで「ほう」と眉を動かした。やはり研究対象は違うが、同じジャンルの研究を行っている人間には興味があるのだろうか。

実は、大学と言っても研究職ではなく、学生課の職員なのだが。

「なるほど、な。で、用件は？」

僕は少しだけ背筋を伸ばした。

「安井さんに、お聞きしたいことがありまして」

「お。アガシラのことか？」身を乗り出してくる。

「いえ」

安井は目に見えて落胆したようだった。異郷で見つけた同志だとでも思っていたのだろうか。急速に僕に対する興味がしぼんでいく。

「なんだ、だいだらぼっちの話じゃないのか。つまらんな」

「だいだら、ぼっち？」

「日本の伝承や昔話に登場する巨人のことさ」

「アガシラ様は妖怪なのでしょうか」

安井は小さくため息を吐く。

「いいや、人だ。『常陸國風土記《ひたちのくにふどき》』は知っているだろう」

「はい。読んだことはありませんが」

「は？　ない？　古文書を研究しているのに？」

「面目ないです」

「なんてこった。――いや、まあいいだろう。その風土記に『いにしへ、人あり。かたちは極めてたけたかく、身は丘の上に居りながら、手は海浜の蜃《うむき》をくじりぬ』とある。はっきりと、巨人がいたことを記しているんだ」

「なるほど」しかし僕は続けた。「非常に興味深くはありますが、昨日の件についてお話が聞きたいんです」

安井は口をへの字に曲げる。

「昨日のこと？」

「ええ、そうです。思い違いだったら申し訳ないのですが――安井さん。昨日の昼十二時ごろ、こしかけ山にいませんでしたか」

瞬間、安井の眉がピクリと反応した。ギロリと僕を睨みつけたと思ったら、すぐに警戒を解いた表情になった。

「ああ、そうか。やっぱりあの時、セーラー服の女といた男か」

「立入禁止になっている場所ですよ？」

「アンタもいたじゃないか！」

その通りである。ぐうの音も出ない。

「やっぱりあの時の視線は安井さんだったんですね」

沼神神社の拝殿の傍らの森の中から感じた視線。あの時僕は、カーキ色の影を微かに見たような気がしたのだ。背景が森だったため、見間違いかとも思った。

「神社に来たら『こしかけ山のアガシラ様』について何か分かるかと思ったんだがな。あいにく先月の台風の影響で立入禁止ときたもんだ。タケジさんからは絶対に立ち入るなときつく言われたんだが、せっかくここまで来たのなら登らないわけにはいかないだろう」

「たしかに」僕は言った。「でも、どうやって入り込んだんですか？」

山の入り口は、立入禁止のテープが張り巡らされていたし、すぐ近くのべったん湖では多くの人間が作業していた。そう簡単に山に入れたとは思えないが。

「正面から入ろうとしたら、参道の入り口に薄汚れた自転車が停まっててな。近くに人もいるし見咎められると面倒だ。だから仕方なく周囲をグルグル回ってチャンスを窺っていた。そうしていると裏道らしい道を見つけたんだ。あれはなかなかにヘヴィな登山道だったが」

「裏参道ですね」

「あの石階段、そんな呼び名だったのか」

つまり安井は僕や咲良より前にあの場所にたどり着いていたわけだ。

「あの場所にのぼって、何か分かりましたか？」

「ああ、いろいろな。奥ノ院っていうのも見てきた。あれはなかなか興味深い場所だ」

「――何か、見ませんでしたか？」

「何かって？　古文書オタクがセーラー服の女と仲良く話しているのは見たぞ」

「ウッ」僕は変な声を出しそうになった。「あ、そ、そうじゃなくて」

「ああ、そう言えば」安井は何かを思い出したように言った。「奥ノ院の巨大な黒い岩、あれはすごかったな。古代の巨石信仰の一種とみるべきか――あ、いや、そうじゃないな。確かあそこで変な物音を聞いた」

「物音？」

「何か固いものを何かに叩きつけるような音だったかな。まあ、俺には関係がないことだと思って気にも留めなかったが」

安井は本当に興味のなさそうな顔で眉間を中指でかいている。彼に取ってみたら、健三郎の事件のことなどどうでも良いに違いない。

「気は済んだか」

僕はわずかに逡巡した。

「最後に一つだけ」

安井の鋭い目つきがこちらを睨む。僕は蛇に睨まれた蛙の気分が少しだけ分かった気がした。

「なんだ」

「蒸し返すようですいません。安井さんは、アガシラの伝説を信じますか？」

「巨人伝承か」ふんと鼻を鳴らす。「山に腰かけるようなバケモノの存在を信じるか、と言われるならば、答えはノーだ」

「お答えいただき、ありがとうございます」

僕は深々と頭を下げた。

顔をあげると、安井がじっと僕の目を見ていた。何を考えているのか分からない、鋭く射貫くような視線。何か気に障るようなことでも言ってしまっただろうか。不安になる。人と目を合わせることは案外難しいのだ。

「な。なんでしょうか」

「なあ黒木さん」安井は身を乗り出し、低く押し殺したような声で言った。「アンタ、ただの古文書オタクじゃねえな」

「どういうことでしょう」

「――アンタ、何か知ってるな？」

僕は息を呑んだ。

「何かとは」

「それは知らん。だがアンタは、俺が何を『見た』かが知りたくてここに来たんじゃない。何も『見てない』ことを確認しに来たんだ」

僕は返答に困った。

彼の言葉が、事実だったから。

何故分かったのだろう。

僕はこの安井という胡散臭い男が、あの日『犯人』の姿を見ていないかを確かめに来たのだ。

しかし、僕が答えを返す前にそれはやってきた。

ドン、とドアが閉まるような大きな物音が聞こえたかと思うと、外の廊下を複数の人間が歩いている気配がした。慌てたような話し声も聞こえる。

何かあったのか、と考える間もなかった。建付けの悪い襖が開かれ、手塚と水森が現れた。

「おい、黒木、大変だ。手伝ってくれ」

「水森君」僕は腰を浮かせた。「何かあったの？」

「ああ、咲良ちゃんがこれを残して消えた」

「消えた？」

僕は茫然とした。水森が持っていたメモを見ると、年の割には落ち着いた綺麗な筆跡でこう書かれていた。

『事件の犯人が分かりました。今から確かめに行くね。咲良』

※

雨はますます勢いを増していた。強風のため、傘はほとんど役に立たない。

捜索は八重垣の使用人や自治体を巻き込んで大規模に行われた。事態を重く見た警察も、間もなく動き出すという話だった。

「あいつ、また勝手に行動しやがって！」

中でも栄蔵の慌て様はすごかった。自分も捜しに行く、と今にも飛び出しそうになっているところを水森に制された。

「お義父さんは、ここにいてください。急に帰ってくるかもしれませんし」

咲良の部屋がもぬけの殻になっていることに気付いたのはヨシエだった。

雨脚が強くなって、屋敷の窓の施錠を確認して回った時に、咲良の部屋に人の気配がないことに気が付いたらしい。

「また、例の抜け道から？」

「ああ、迂闊だった。まさか昨日の今日で、抜け出すとは思わないじゃねえか」

水森は髪を勢いよくかき上げて悔しそうに唇を噛んだ。

「俺と手塚さんで車を出して村中を捜す。さっき電話したから充君も動いているはずだ。タケジさんも、すぐに自治会を招集して怪しい場所を見回ってくれるそうだ」

「千絵さんのところには？」

「もうメールした。万が一千絵のところに咲良ちゃんが来たら連絡しろって」

「僕はどうしたらいい？」

「俺と一緒に来てくれ」

水森は僕を助手席に乗せ、雨の中、軽トラックを走らせた。額に汗がにじんでいる。

「すまんな、黒木、帰る時間遅らせちまって」

「それどころじゃないことは僕にも分かるよ」

それに、このまま帰るわけにもいかない。

胸騒ぎが、嫌な予感が的中してしまった。

――「あたし、もう大丈夫、だからね」

咲良のあの言葉、そして昨日見た強い瞳。あの時からこうすることを決めていたのだろうか。

もし僕がそれに気づいて止めることができていたら――

後悔がグルグルと襲う。

彼女を、危険な目に遭わせたくはない――。

「なあ黒木」運転席でハンドルを握りながら水森が言う。「やっぱり、ケンちゃんは犯人じゃなかったよ」

「そうなんだね」

もはや分かってはいたことだった。

「ケンちゃんには、首を吊った際にできた索条痕《さくじょうこん》とは別に、縄状の何かで首を絞められた痕が認められたそうだ。つまり――」

「自殺に見せかけた他殺」

もし本気で自殺に見せかけようとしていたのならば、お粗末な話である。

水森は小さく頷いた。

「咲良ちゃんは、光男君とケンちゃん、二人を殺した犯人に気が付いたってことだ」

「だね」

「誰だと思う？」

しばしお互い無言になった。車体を叩く雨の音が、先ほどよりも大きく聞こえる。こんな豪雨の中、咲良はどこへ行ったのだろうか。

「ねえ、水森君」考えながら言った。「僕の推理、聞いてもらえる？」

水森は黙っていた。僕はそれを、拒否ではなく承諾の意であると受け取った。

「この二つの殺人事件には共通点がある。それは、被害者がどちらも咲良さんに好意を持っていた人物であるという点だ。最初の被害者の光男さんは、あからさまにアプローチを掛けていたことが分かっている」

そこで僕は一息ついた。頭の中を整理しながら話を続ける。

「一昨日のことを覚えてる？　咲良さんが手塚さんを連れて立入禁止のこしかけ山に入っていった日のこと。それを健三郎さんが目撃して――あの時は全然気にかけなかったんだけど、アレ、よく考えたらおかしいんだ」

「おかしい？」

「ウン。だってさ、こしかけ山の周辺は復旧作業中の人たちが何人もいたはずでしょ？　そんな人通りの多い表の参道から侵入すると思う？」

水森が左右に目を泳がせながら必死に考えているのが伝わる。

「だからきっと、彼女は裏参道からこしかけ山に入ったはずなんだ。でも、裏参道のある山の裏側は――」

「普段だったら、人通りが少ないはずだ、な」

「そうだよね。つまり、それを目撃できたケンちゃんは」

咲良のことを尾行していた、ということになる。

つまり、ストーキングだ。

「ケンちゃんが、咲良のストーカーだった、ということか」

「あくまで推測だよ。でも、好意を持っていた、ということなら、動機は土地の利権がらみではない、という可能性も出てくるよね。そして、考えられるとすれば」

「誰かが、咲良を自分のものにするために？」

僕は次の言葉を考えた。

「もしも、それが動機だとすれば、容疑者は咲良さんに好意を寄せている人物ってことになるよね」

「おいおい待てよ」水森が声を荒らげる。「そんなことで人が殺せるのか？　そんなことで、二人もの人間を――？」

僕は小学生の頃を思い出していた。

国語の授業は好きだったが、物語文を読んだときに『登場人物の気持ち』を考える問題は全く解けなかった。人間の感情というモノが、時々分からないことがあった。

だから、本当にそんなことで殺人を犯せるのか、正直、分からない。

それほど強く、誰かを好きになったことなどなかった。

しかし――

その時、にわかに視界が開けていく感覚があった。

僕の脳裏に、安井のある言葉がよみがえる。

あの時は気付かなかった。しかし、彼は確かに――

「犯人は」気付くと僕は口を開いていた。「咲良さんを守ろうとしたのかも知れない」

誰かの命を守るための行動なら、納得ができるのではないか。

軽トラックがキィ！　と大きな音を立てて急停車した。水森がブレーキを踏んだのだ。

驚いて見ると、水森が頭を抱えて茫然と空中を見ていた。

「だとしたら――なあ、だとしたら、そういうことなのか？　本当に、そういう……」

信じられない、といった表情で小さく呟いている。どうやら彼も気が付いたようだ。僕はコクンと頷いた。

幼い頃から八重垣咲良を見守り続けていた人物。僕は一人、そんな人間に心当たりがあった。

僕は頷いた。

「もし本当に『あの人』が犯人だとしたら」

「これまでの謎に納得のいく答えが出るってことか」

「急ごう、水森君。咲良さんが危ない」

水森は大きくハンドルを切り、犯人がいる可能性が高い『ある場所』に車を向かわせた。

しかし結局、咲良も『あの人』もそこにはいなかった。

※

夜七時を回っても咲良は見つからなかった。村の人間がほとんど総出と言ってもいいほどに捜し回って、結局どこにもいない。まるで存在ごと消えてしまったかのように。

水森はどこかに矢継ぎ早に電話をかけていた。咲良が行きそうな場所や、『あの人』が居そうな場所に人を回しているようだ。

――うん、雨だからな、気を付けてくれ――ああ、そうだ、駅のあたりにも人を回している――電車で外へ出たとは考えにくい――うん、よろしく頼む。云々。

水森は人脈と行動力の男であった。

こしかけ山、沼神神社、奥ノ院、べったん湖、セイタカ様――どこを捜しても咲良を見つけることはかなわなかった。水森の焦りもピークに達しようとしていた。落ち着きなく身体を揺らし、時折親指の爪を噛んでいる。

どこだ、どこにいるんだ――髪をかき乱しながら幾度となくそう呟く彼の姿を見て、僕は意を決した。

考えよう。必ず、そう、必ずどこかにヒントがあるはずだ。

僕は目を閉じて両手の指を胸の前で組んだ。

この村でまだ捜索されていない場所。そんな場所あるのか？

犯人に車で村外に連れ出された可能性はないのか。

僕の導き出した答えはノーだった。この時間の車通りはそれほど多くないうえに、見通しもいい。自動車を利用したのだとしたら、目撃率は大幅に上がってしまう。

僕が犯人なら、自動車の利用をとことん避けたはずだ。

だとしたら、考えられることは――。

葛城酒造の駐車場？　いや、きっともう既に栄蔵が目をつけていることだろう。では、べったん湖？　これも作業をしている自治会の皆さんに見つかる可能性がある。

これだけ騒ぎが大きくなっているのに見つからない、ということは。

僕の脳裏に、ふと忘れかけていたあの『違和感』がよみがえってきた。

この村にやってきた日。セイタカ様を見て感じた微かな――しかし確かな違和感。

何故今思い出したのだろう。

――そういう大雨や大水のような災害が起きるとね、セイタカ様が喋り出す、っていう言い伝えもあるんだよ！

咲良の声が耳元で再生される。

――夜中に歩き出す、なんていう怪談話も流行ったんだから。

喋ったり、歩き出したり。

——私がおばあちゃんに聞いた話だとね。

次の瞬間には千絵の声が脳裏で反響していた。

——洪水が関係あるみたいなの。

——室町時代にそんな洪水を仏さまの力で抑え込もう！　っていう発想から造られたのがセイタカ様だったみたい。

そうだ、洪水、ということは——

「あ」急速に靄が晴れていく感覚。「水森君、Uターンをお願い！」

「黒木、咲良ちゃんがどこにいるか分かったのか？」

僕は答えた。

「セイタカ様！」

※

「嘘だろ……」

セイタカ様の足元に、地下に通じる階段が現れた。

僕と水森は、しばし茫然と暗闇へと続く石の階段を見つめていた。

村を初めて訪れたあの日感じた違和感は、セイタカ様の『向き』にあったのだ。

村の東にあるおびき川からセイタカ様の方へ向かった畦道。僕が出会ったセイタカ様は横顔だった。

※

――セイタカ様はやや南の方角を向いている。

八重垣の屋敷やべったん湖やこしかけ山の方を背にして、ひたすら田んぼの広がる方向を見つめているように見えた。

しかし、セイタカ様の本来の意味を考えると、これはおかしい、と僕は考えていた。

もしも千絵の話してくれた通り、セイタカ様が洪水を抑え込むために作られた地蔵ならば、おびき川がある方向――すなわち東向きでなければならないはずだ。

セイタカ様の地下がもしも空洞になっていたら――そこに響いた音が『喋った』という言い伝えになったのだとしたら。

車を路肩に停めてセイタカ様の正面に立つ。その表情が、前よりも険しいものになったように感じる。気のせいなのだろうが。

「なあ、本当にこんなことで何か分かるのか？」

「分かるはず——たぶん」

とにかく考える時間が惜しい、僕は精いっぱい力を込めてセイタカ様を押した。

「ううう……」

しかし、セイタカ様はビクともしない。——こうではないのか？

「おい黒木！　セイタカ様を押せばいいのか？」

「ウン——や、回すんだ！　水森君ッ」

「分かった」

せーの、の掛け声で水森と二人で力を籠める——すると、僅かにセイタカ様が東向きに回り始めた。

「マジで動いた！」

「このまま四十五度動かして！」

ゴゴゴ……石の擦れる音を立てながら、セイタカ様の顔が、東を向く。

「本当に——本当にあった」

セイタカ様の足元にあった石台がずれて、人が一人ようやく通れるくらいの細い通路が姿を現した。セイタカ様を本来の向きに直すと、秘密の地下通路が現れる。そういう仕組みだったのだ。

「手伝ってくれてありがとう」

「こんなところに階段があったなんて——知らなかった——どういうことだ、これは」

「話はあとにしよう。急ごう、水森君」

車に積んであった懐中電灯を点け、僕らは地下への階段へ踏み込んでいった。

「見て」僕は石段の一部を指さす。「これ、血痕じゃない？」

「血？」水森はその部分を凝視して「まさか、光男君のか」

「そうだと思う」

つまり、光男が刺されたとき、セイタカ様の足元は開いていたということだ。

セイタカ様の周囲には囲い、頭上には屋根があるため、雨の水はほとんど流れ込んでは来ない。ここに流れてくるとしたら、囲いの内部に流された血液、と考えるのが妥当だろう。

狭い通路ではあったが、線の細い僕と水森は問題なく潜っていくことができた。

小穴はかなり深い場所まで続いていた。いつ終わるとも知れぬ石の通路を、慎重に下っていく。頭上からの灯りがどんどん薄れていく。

ようやく階段を降り切ると、四方を人為的に削って造られたのだろう、湿った岩壁の洞窟が現れた。予想していたよりも広い空間になっている。

しばし周囲を観察してみると、どうやら南の方角に向かって洞窟は延びているようだ。

「真っ暗だ」水森が言う。「懐中電灯二本あって正解だったな」

「灯りは多い方がいいよね」

と言って僕は持っていたスマホのライトを点けた。

「なるほど、たしかに」

水森もそれに倣ってスマホを点灯させる。

「足元に気を付けて進もう。おそらくこの先に――」

犯人がいる。

根拠はないが、それはもはや確信だった。

島田光男や鈴本健三郎を殺害した人物。

八重垣咲良がその正体に気付いて、会いに行った人物。

二人の足音だけがコツ、コツ、と反響している。ところどころ岩肌から水がしみ出している。

ここは、なんなのだろう。

いつから存在する抜け道なのか。

答えは分からない。

が、ひとつだけ分かったことがある。

「この地下道、こしかけ山の方に向かっているよね」

「俺もそう思ってた」薄っすら見える水森の表情は神妙だ。「八重垣本家の屋敷の地下を通るってことか――」

「栄蔵さんは知ってるのかな」

「少なくとも俺は聞いたことがない。こりゃ何かの冗談なのか」

「夢じゃないことは確かだよ。寒くて指の先が痛いもん」

「村の地下にこんな場所があるなんて……」

彼からすれば、自分が耕していた田んぼの遥か地中にこんな道があるなんて思いもよらなかっただろう。

「そう言えば、前に千絵から聞いたことがある」水森は言った。「この土地は洪水以外にも脅威があったたって」

「洪水以外の脅威」

「ああ、外敵の脅威だ。この村の豊かな土地と、八重垣の財を狙って、他の国の大名家や有力者、盗賊なんかもたびたび攻め込んできたらしい」

そういえば島田家の雇った暴漢が襲撃してきた、などという話もあった。ひょっとしたら、女系相続の八重垣家の女を我が物にしようと侵入してくる不届きものもあったのかもしれない——僕はそんなことを考えた。

「この地下通路は敵に攻め込まれたときの避難用に作られたのかもしれないな」

だとすればこの地下通路は八重垣家の屋敷まで続くもの、ということになる。僕は頭の中で村の位置関係を整理する。

「——おい、黒木、部屋だ」

懐中電灯で照らした前方、数十メートルほど先に、開けた空間があるのが見えた。

ほんのりと、オレンジ色が見える。

灯りが、ある。

水森がごくりと喉を鳴らすのが聞こえる。空気は冷たいのに額に汗が流れる。——誰か、いるかもしれない。

最大限の警戒を、と、懐中電灯のスイッチをオフにし、あまり足音を立てないようにその空間に歩を進めていく。

本当にかすかに、風が流れているのも感じる。どこかに通気孔があるのかもしれない。

ポツン、と、水滴が落ちる音がした。

地下水がしみ出しているのだろうか。

その『空間』にたどり着いたとき、僕と水森は同時に立ち止まり、立ち尽くした。

「なんだ、ここは――」

想定外のことに、僕らは絶句した。

※

祭壇――。

僕の脳裏に真っ先に浮かんできた言葉である。

細長い洞窟の先には、四隅に古びた行灯《あんどん》を置き、その炎の薄明かりが満ちた広い空間があった。ほのかに油の匂いがする。

その部屋の中央に、巨大な『祭壇』が置かれていた。祭壇の手前には、御座《ござ》が敷かれ、その上には稲穂と思われるものが供えられていた。三段の階段状に作られた祭壇には、最前の台に古びた巨大な刀剣、二段目の中央に鏡、左右にはひな壇の雪洞《ぼんぼり》に似た形の照明が置かれている。

そして、その最上段には――黒く塗装された箱があった。

高さは六十センチほどであろうか、横幅は三十センチ程度の四角い箱である。

あまりに場違いなものが現れたため、水森はどうしたらよいか分からない、という風にこちらを見た。

僕も無言で首を振る。

水森は慎重に足を踏み出した。祭壇の周りをゆっくりと調べていく。見ると部屋の右奥に、さらに奥へと続く通路があるようだ。咲良がいるとすれば、この先か。

「なあ黒木」水森は祭壇の正面で立ち止まった。「この黒い箱、なんだと思う?」

僕はなんて答えるべきか、逡巡してしまった。

「俺な、嫌な予想を立てたわ」

「嫌な予想」

「ああ、もしかして、お前もそう考えているんじゃないかと思ってる」

「そうかもしれない」

水森は、ためらうことなく手を伸ばした。

黒く塗られた木製の箱。見るからに年代物で、どうやら箱の正面——僕ら側の側面——に、観音開きの開閉口がついているようだ。ひもで固く結ばれているのを、水森は徐にほどこうとし始めていた。

「待って水森君」思わず止める。「ねえ、待って。なんだかやめた方がいい気がする。ひょっとして」

「どうした?」

「バチが当たるんじゃ」

咄嗟に口に出した。が、本当にバチが当たるなどとは、実際考えてはいなかった。開けてはいけない、と、僕の『本能』が訴えかけている。

「誰がバチを当てるって？」

「それは――」誰だろう。「アガシラ様、とか」

「アガシラ様も、セイタカ様も、この村の古いしきたりも、全部俺には関係ないんだ」水森の顔は真剣そのものだった。「ただ俺は、この村に流れる不可思議な空気――隠されている秘密が知りたいんだ」

「隠されている秘密」

「そう、この村は、おかしい」

そんなことを考えていたことが意外で、僕は驚いていた。

「なにが、おかしいの？」

「お義父さんは、何かを隠してると思う」

「栄蔵さんが？」

「それに、ヨシエさんも、タケジさんも、この村に住む年寄り連中は、みんな、何かを隠している。だっておかしいと思わないか？」

僕は首を傾げた。

「この村には、室町時代より前の記録がすっぽりと抜け落ちている。沼神神社の社伝も、図書館に納められた地誌も、セイタカ様の言い伝えも、すべてがすべて室町時代から伝わるものなんだよ。白骨死体も室町時代のものだった。極めつけは、お前が読んでくれた『沼神文書』だ」

水森の手に力が入る。

「あの古文書と家系図は、おかしなところだらけだった。孫二郎以前の当主の記録はない。地名は今と異なっている。ところどころ意図的に消された部分がある。何者かが、何かを隠そうとしている、としか考えられない」

固く結ばれていたひもが、ゆっくりと解かれていく。

「こしかけ山の土砂崩れで見つかった白骨死体には、首がなかった。山の性質で奇跡的に損傷せずに見つかった白骨死体から、首が切り取られている。首がない以上、それは人間が切り取ったものだ。その首は」

切り取った、首は——。

水森は言葉を切った。

「そこまでだ」

はっきりと、聞き覚えのある声が、残響音とともに聞こえてきた。

コツ、コツ、という足音。

僕は顔をあげた。声は――奥に通じる通路から聞こえてきた。

いったん箱を足元に置いた水森は、重心を低くして身構えた。僕もそれに倣って身構える。

部屋の灯りに照らされて、徐々にその人物のシルエットが浮き上がってくる。

やっぱり、やっぱり――

「志紀さん、ダメっすよ、村の聖域にズカズカと踏み込んじゃあ」

「本当に君だったのか」

姿を現したのは、右手に握った拳銃の銃口をこちらに向けた警官姿の男だった。

「充君――」

「ああ、黒木さんも。こんな場所までご苦労様です」

水森はじりじりと距離を取りながら、感情を抑えた声で尋ねた。

「充君が、光男君やケンちゃんを殺したんだな」

行灯に照らされた薄明かりの中、その男――申橋充は右の口角をあげて微笑んだ。

「お・お・あ・た・りィ！」

※

島田光男は、おびき川の向こう側、島田の人間である。

島田の人間が川のこちら側に来る目的はただ一つ、八重垣咲良だった。

光男はしつこく彼女に言い寄ったが、ことごとく撥ね付けられ、当然のようにその恋が実ることはなかった。

島田の家は八重垣とのトラブルを抱えており、それゆえ、こちら側の人間は、光男に対して警戒していたことであろう。

もしも、そんな光男を川のこちら側におびき寄せ、殺害することができるとすれば、それは誰か。簡単な話だったのだ。相手からも警戒されず、村人の目が届かない場所を熟知し、かつ、咲良とも親しい距離にある人物。

警官であることは、人を信用させ、安心させる。

村の駐在という立場は、彼のかっこうの隠れ蓑となったのだ。

光男は、何かしらの連絡手段で呼び出され、セイタカ様のすぐそばで殺害された。ひょっとしたら、地下に通じる抜け道のことを明かしたのかもしれない。

鈴本健三郎も、同様である。

村の駐在である彼は、村のどこを歩いていても不思議ではない。

要するに、充であれば、誰からも怪しまれることなく村内を行き来することができたということだった。

あの日——僕と咲良がこしかけ山に登った日、奥ノ院のある丘の頂に充が現れたのは、偶然ではなかった。

安井はこう言ったはずだ。

——正面から入ろうとしたら、参道の入り口に薄汚れた自転車が停まっててな。

この村では、ほとんどの住人が車で生活をしている。水森も手塚も、移動手段は自家用車だった。自転車で移動をしている人間。

充は、最初の事件現場でも自転車で現れた。

ブレーキがサビるほど、古い自転車に乗って。

もし安井の言う自転車が、充の乗っていたものだとすると、話が全く違うことになってくる。

充はこう言ったはずだ。

——村を巡回してたらおめえらが参道に入ってくのを見たからよ。

だとしたら、彼の自転車は裏参道になくてはおかしいではないか。

僕と咲良は、裏参道から山に入ったのだから。

つまり充は、二人が山に入る前から、正面の参道を通って山に入っていたのだ。

健三郎を、こしかけ山の山中に吊るすために。

前日から行方不明になっていた健三郎は、どこにいたのだろうか。

おそらくは、前日のうちからこしかけ山に入っていたのだろう。

邪推をすれば、あの山にいれば咲良が再び奥ノ院までやってくる、と踏んだのかもしれない。

隠れられる場所の候補は、二か所ある。

沼神神社の本殿か、奥ノ院である。

そこで彼は、充に殺害される。

充であれば、べったん湖で作業を行う自治会の人たちにも怪しまれずに参道近辺を歩き回ることができただろう。

もしかすると、犯行現場は、あの奥ノ院だったのかもしれない――僕は考える。

壁にあった黒いシミ。あれは、充と健三郎が揉み合っているときに、片方が負傷して着いた血痕だったのではないだろうか。

充は、いったん健三郎を自殺に見せかけるために、森の木に吊るすことにした。索条痕に不審な点があれば、すぐにバレる工作であることは彼にも分かっていたはずである。自殺が有力であったとしても、検死、場合によっては司法解剖が行われるケースがほとんどである。

充にとってそれは、あくまで時間稼ぎのための工作だったのかもしれない。

駐在という立場を利用すれば、現場に残された証拠を隠滅することも可能だったに違いない。

しかし、そんなときに僕や咲良が現れた。

森に隠れた充は、僕たちの意識が奥ノ院に向けられるタイミングを見計らって、姿を現した。二人の後を追ってきたように見せかけて。

咲良が書き残したメモ。

――『事件の犯人が分かりました。今から確かめに行くね』

彼女はきっと、あの日奥ノ院で起こったことがすべて、どういうことだったのかに気付いたのだ。

自分の身の回りで起きた二つの殺人事件。

その犯人が、最も身近で、親しい幼馴染であることに。

※

充の名字が『申橋』であることが分かったのは、今日の昼食の時であった。

充のことを、咲良は『ミックン』と呼ぶのに対し、栄蔵は『モンちゃん』と呼んでいた。

食事中の雑談がてらにそのことを話すと、栄蔵はニコニコしながら答えてくれた。

「駐在の充のことは小さい頃から知っていてね。それはまあサル顔の面白い子供だったんだよ。んで、彼の名字も『サルハシ』じゃない。だから、サルは英語で『モンキー』。そこから取って、『モンちゃん』。どうだい、かわいいだろう」

僕は『サルハシ』という響きに覚えがあった。

初めてこの村を訪れた日、駅前の酒屋の屋号——そして、古文書に記されていた古い家の名前。長いヌカガミの歴史の中で、八重垣家とともにこの村を守ってきた申橋家。

充が申橋家の人間なら——。

僕の中で、色のないパズルのピースがピタリとハマった音が聞こえた。

※

「本当に充君が犯人だったなんて」水森はじりじりと後じさりながら言う。「信じたくはなかったが——」

拳銃を水森に向けたまま、充はこちらに向かって歩いてきた。

その表情からは、何も読み取れない。

「仕方ねえよ、あいつら、咲良に手を出そうとしたんだ」あいつら、というのは、島田光男と鈴本健三郎のことだろう。「志紀さんなら分かるだろ？　特にアイツ——光男は目的のためには手段を選ばない」

水森はぐっと唇を噛んで何も答えなかった。

「この村では有名な話じゃろうが。光男は昔、千絵さんにも手を出して——」

「やめろ」水森は低い声で言った。「今は千絵のことは関係ないだろ？　そんなことより、まずはその物騒なものを下ろしてくれよ」

「ああ、すいませんねえ。俺もそうしたいのはやまやまなんです。だけどとにかく、ソレから離れてくれませんか？」

大事なモノなんですよ、と充は呟いた。

水森は黒い箱から数歩の距離を置いて両手をあげた。

充から、絶対に視線をそらさない。そらしたら、やられる。

充の瞳は、敵意に満ちていた。

「なあ、充君は、その、なんだ。やっぱり、咲良ちゃんのことが——」

「それは違う」

はっきりとした、迷いのない否定の言葉だった。

「俺ぁな、一度だって咲良をそういう目で見たことはないんだよ。一度だってな。咲良は、あいつらみたいな俗物が触れていい存在じゃねえんだ。『特別』なんだ。だからよ、俺たち申橋家の人間が守らなくちゃいけなかったんだ」

「どういうことだ？」

充は再び口角を釣り上げる。

「咲良は、この村そのものなんだよ」

「この村――そのもの？」わけが分からない、という風の水森に、充の冷たい視線が突き刺さっている。「悪いが、さっぱり分からん」

「アンタは所詮ヨソモンだからな。分からなくて当たり前だよ。咲良はこの村そのもの。咲良が穢《けが》されることは、すなわち村が、この土地が、八重垣が穢されたも同じこと。俺は咲良を純潔のまま、大人にしなきゃならなかった。咲良を守ることが俺の持って生まれた使命。俺がこの地で、警察官になった理由」

充の視線がちらりとこちらを見た。敵意がすう、と抜けていくのを感じる。

「ああ、黒木さん――すみません。こんなことになっちまって」

「充君――」

「咲良は黒木さんによく懐いています。余所から来た人間にあれほど心を許す咲良を、俺は見たことがありません。だからきっと、大丈夫でしょう。――これからも、あの子を頼みます」

僕は何も答えられなかった。

彼の顔は、憑き物が落ちたように晴れやかだった。

「さて、最後の大仕事といきましょう」

「最後の？」

「俺はもう役目を果たしました。あとはまかせます。ずっと待ちわびた時は来た。だから、もうこんな場所を守り続ける必要ないんだ」充は僕を見つめながら銃弾を装填して撃鉄を持ち上げた。「――村の秘密を、永久に葬り去る」

言い終わる刹那、耳をつんざくような乾いた銃声が、狭い洞窟内に鳴り響いた。

耳の奥がキーンと鳴り、視界が一瞬ぼやける。

撃たれたのは――僕でも水森でもなかった。

何が起こった？

水森は驚愕の表情で振り返った。

行灯から小皿が落ち、床に火が移るや否や、一気に周囲に燃え広がった。

「しまった！　油だ！」水森は充に駆け寄る。「くそ、熱い！　この部屋に撒いてやがった！　一体なんの真似だ！」

「なんの真似って――終わらせるんですよ。全部。全部全部全部！　この地下の空間ごとな」

「やめろ、道連れにするつもりか！」

二発目の銃声が鳴り響く。

水森が肩を押さえてうずくまっている。

「ああ！　ぐっ、いてえ、う、撃ちやがった！」

クソッ、と吐き捨て、水森は顔を僕に向けた。「逃げるぞ黒木！」

「待って！」僕は大声を出した。「待って水森君。まだ奥に咲良さんがいる」

「え」

「充君、教えてくれ、咲良さんは――この奥にいるんだね」

中橋充は、満足気な表情で頷いた。

「もちろんいますよ。早く行ってやってください。ちゃんと生きてます。静かに眠っているはずですよ」

「充君は、どうするの？」

彼は薄っすらと笑みを浮かべたまま、構えていた拳銃をおろした。

「思った通りだった。黒木さんは、本当に、俺たちの――」

「充君」

「俺はあなたがここに来るのをずっと待ってたんです。そして、あなたはちゃんとこの村に来てくれた。あなたを一目見た時から分かりましたよ。ずっと変わらない目――だから中橋としての使命はこれで終わりです。この」彼は黒い木箱をじっと見つめた。「この箱と、古い悪夢とともに、『中橋』は滅びる『運命』なんすよ」

炎は祭壇に燃え移った。じりじり自分の皮膚が炙られるような痛みを感じる。

「お願いです、早く行ってください、黒木さん」穏やかな口調だった。「ちゃんと出られますから。ここはもう危ない」

「どういう意味？　充君はどうするの？」

充は僕らから目を逸らし、宙を見つめた。

「俺は――いや、中橋の家は、この土地から離れず、この土地を守るためにあった。誰にも知られず。孤独のままに。そう、サルハシが古よりこの地に留まり続けた理由は――『去ルハ、死』であると教えられてきたからなんです。だから俺は警察に捕まるわけにいかない。

この地を離れるわけにはいかない。それは——」
中橋にとって、死も同じこと。
言うや否や、バンッ！　という巨大な破裂音とともに祭壇が崩れ落ちた。
その衝撃で黒い木箱が倒れ、観音扉が半分開いた。
僕は見てしまった。
その箱の中。
全身がまるで金縛りにでもあったように動けない。
視界が炎に覆われていく。
僕の身体は熱を感じているはずなのに。
動かない。
何も、感じていない。
そうか、コレは。
コレは、僕だ。
箱の中にあったのは——
真っ黒な——夜のように真っ黒な

巨大な、しゃれこうべだった。

「おい！　黒木！」

水森の叫ぶ声がする。僕の意識は現実を取り戻す。

「水森君」

「急ぐぞ、咲良ちゃんを助けるんだ！」水森は僕の右肩をつかんだ。「しっかりしろ、黒木、巻き込まれるな！　生き延びるぞ！」

ああ、そうだった。

いつもギリギリのところで動けなくなる僕を、こうして導いてくれる存在。人付き合いが下手な僕が、唯一親友と呼べる男。それが水森志紀だった。もし彼がいなければ、僕は何度折れていたか分からない。

「ありがとう。行こう」

僕は奥の通路へ走り出した。

振り返ると、申橋充がだらりと両手をぶら下げたままこちらを見つめていた。

その表情は、咲良を見つめるときの、ぶっきらぼうだが優しい『ミックン』のものだった。

彼は今何を考え、何を想っているのだろうか。

穏やかな表情をたたえたまま、充の身体は炎に包まれていった。

数秒ののち、充の断末魔の咆哮が洞窟内に轟いた。

僕は振り返るのを止めた。

村の少女を守るために己が手を血に染めた若い青年の末期《まつご》の悲鳴を、僕は振り払うようにして走り続けた。

※

どれくらい走ってきただろうか。

暗闇のせいで、方向感覚も、時間感覚までも失われかけていた。当然整備されているわけもない地下通路の床は、凹凸がひどく、何度も躓《つまず》きかけた。そのたびに、水森が僕の手を取ってくれた。

風は正面から吹いている。

「黒木、分かるか、空気の流れだ」

「うん」

「出口が、あるんだ、この先に」

「うん」

「きっと今頃、村の人たちも俺たちを捜しているはずだ。助けがきっとくる。何としても咲良ちゃんを連れてここを出よう」

「分かった」

僕は疲れ切って思うように動かない足にぐっと力を込めた。

まだ走れる。

都会暮らしでなまり切った身体と心を奮い立たせた。

走れ、走れ。

「ハァ、ハァ」

さすがの水森も、息が上がってきたようだった。

撃たれた右の肩を押さえながら、時折苦しそうな声をあげている。

早く手当てをしないと——僕は焦る。

突然、その空間は現れた。

狭かった通路を抜けると、高さ数メートルはあろうかという巨大な空洞にたどり着いた。

不思議なことに、微かに明るい。天井を見上げると、岩の隙間から明かりが差し込んでいた。そこが通気口になっているのかもしれない。

さらに不思議なことに、天井からは、ぽつ、ぽつ、と絶えず水滴が落ちてくるのであった。

雨水だろうか。

急に空気が冷えた感じもする。

「なんだ、ここは――」

水森が怪訝な声を出すが、僕はすぐにそれに気付いた。

「あ、咲良さん！」

指さした空洞の中央に、仰向けに横たわるセーラー服の少女がいる。

足元に無数の水たまりができていて、ぴちゃぴちゃと水が跳ね上がった。何故こんなところに、と一瞬怯んだが、構わず駆け寄る。

咲良の上半身を抱き起こした。

「咲良さん、咲良さん、大丈夫ですか、咲良さん」

「咲良ちゃん、無事か」

水森も片膝を立てた姿勢で声を掛ける。

口元に耳を近づけると、微かに呼吸をする音が聞こえた。

――息がある！　僕はほっと胸を撫でおろす。

しかし、穏やかな表情の少女は一向に目を覚ます気配がなかった。

「無事みたいだけど」

「ああ、よかった」安堵の言葉ではあったが、その声にはまだ緊張の色が滲んでいた。「だが、このあとはどうする。ここは行き止まりじゃ――」

「あ、あそこ見て」

僕は空洞の奥に、岩の割れ目を発見した。さらにその向こうには、細く続く階段状の通路があるようだ。

「袋小路じゃないよ。あそこから地上に戻れるかも」

水森は立ち上がり、その通路を覗き込む。

「本当だ、緩やかに上の方まで続いて――」

どこか遠くの方から、腹に来るような轟音が響き渡る。僕らは驚いて顔を見合わせる。何が起こった？　考える間もなく、ゴゴゴゴゴ……と、地鳴りのような音が聞こえてくる。

ゴゴゴゴゴ……音は断続的に鳴り続け、空間を震わせた。

「ん。なんだ？」

水森は、キョロキョロとあたりを見回す。せわしなく動いている様子は、かなりの焦りを感じているように見える。

ゴゴゴゴゴ……
僕は嫌な予感がした。
こういう時の嫌な予感は、残念ながら的中することが多い。
ゴゴゴゴゴ……
音は次第に大きくなっていく。
少しずつ、少しずつ、大きく。
やがて僕は気が付いた。
「水森君！」
「黒木！　まずい！　立ち上がれ！」
「近づいてくる！」
ゴゴゴゴゴ……
この音は――
空気が激しく動いているのが分かる。
何かが、ここまで押し寄せてきている。
僕らが通ってきた細道から。
この音は――

「水だ！」

破裂するような轟音とともに、腰の高さほどの大水が流れ込んできた。濁って汚れたその水は、大雨時の川の色だった。

咄嗟に咲良を抱き上げて逃げようとするが、大水の勢いに押され、岩肌に身体を激しく打ち付けてしまった。

「ぐぅあ！」

水森も同様に壁にぶつかって悲鳴を上げた。

「やばい、このままじゃ」水位がみるみるうちに高くなっていく。「奥の道から逃げるぞ、動けるか黒木」

「泳ぎは苦手なんだよ」

「そりゃよかった。俺もだ」

「――安心したよ」

「まだ軽口叩ける余裕があるな。大丈夫だ、行くぞ」

僕は腰まで水に漬かりながら、何とか奥の通路にたどり着いた。必死に咲良を抱きかかえて、彼女だけは助けなければと思った。水森が血を流しながら後から続いてくる。

咲良のことをよろしく頼むと言った充の声が耳元によみがえる。

頼むんならこんなことしないでくれよ。

「急げ、黒木！　大丈夫か？」

「大丈夫！　絶対離さない！」

「頼むぞ！」

どんどん増していく水かさから逃げるように、僕と水森は奥の細い階段を奥へ奥へと突き進んだ。緩い傾斜がいつまでも無限に続き、出口などないようにも思えた。

しかし、背後からの「止まるな！　行け！」という声に、僕は最後の力を振り絞る。

一瞬でも気を抜いたら、あっという間に水に飲み込まれてしまう――

この大量の泥水はどこから流れてきたのだろう。充のいたあの部屋から？　それともセイタカ様の足元の入り口から？

――おびき川か！

この水は、おびき川の水なのだ。

どういうカラクリかは分からないが、この地下道は、おびき川の一部と繋がっていたのではないだろうか。

地下に封じられた秘密をすべて流し、消し去るために用意された自爆装置。

これは充の仕業か、あるいは、自然現象か。

じゃあこの先はどこまで続いているのだろうか。

水森も同じことを考えたようだった。

「上昇のスピードが緩やかになった！　逃げ切れるぞ」

「うん」

僕は咲良を抱きかかえながら必死に走った。

走って、走って、駆け上がって。

いつしか大水は追ってこなくなっていた。

逃げ切った――！　そう思った刹那、行く先が途切れ、行き止まりになっているのが見えた。暗闇のはずなのに『見えた』。

「光だ」

天井から薄く光が漏れている。

光があるということは、地上なのか。

「天井が木製の扉になってる」僕は天井に『取っ手』のようなものが付いていることに気付いた。「出口だ！　どこかに通じてる！」

「開けられるか？」

「やってみる！」

叫びながら、咲良を背中に負ぶい直し、両手で取っ手を握り力を込めた。

追いついてきた水森も僕の隣に立ち、扉を全身で押し上げようとしていた。

しかし――

「だめだ、動かない！」

「ぐおお、どういうことだ！　カギでもかかってんのか？」

水森は天井の扉を左手でドンドンと叩いた。

「おい！　誰か！　誰かいないのか？」

「ここはどこに通じているんだろう」

「分からないけど、もし誰かが居たら、俺たちに気付いてくれるかもしれん！」

ドンドンドン！　と再び力を込めて叩く。

「おーい！　誰か――誰でもいい！　ここを開けてくれ！」

僕も最後の力を振り絞って扉を押した。

水森が叩くたびに木くずが飛び散り頭上に降ってくる。

後ろにはもう引き返せない。ここを何とか、こじ開けることができたら――。

間違いなく、この上には空間がある。外に通じているのだ。

「開け」

僕は小さく呟いた。

「開けよ」

それは祈りに近かった。

「ここから、出してくれ」

僕は息を大きく吸った。

「ひ！　ら！　け！　よ！」

固いものを引きずるようなガリガリガリ、という音が耳に飛び込んできた。

驚いた僕らの目の前で、扉が急に開く。一気に光が差し込んで一瞬目がくらむが、次の瞬間、呆気に取られてしまった。

「え……」

「え？」

「えッ！」

三つの声が重なる。

水森は衝撃のあまり口をパクパクと開閉している。

僕は数秒間、状況を把握することができなかった。

開いた扉のその向こう側、唖然とした表情でこちらを覗き込んでいた人物の顔を、未来永劫忘れることはできないだろう。

「く、黒木様？　え、志紀様も――ああ！　さ、咲良さん！」ヨシエは大きく見開いて、口元に手を当てた。「保冷庫から変な音が聞こえると思ってきてみたら――ああ、どうしましょう、傷が！」

ヨシエが水森の肩を見て悲鳴を上げた。

僕はようやく状況を飲み込むことができた。

行きついた先は――

大量のコーラ・ケースが保管された一畳ほどの部屋だった。

ヨシエが何やら叫んでいる。

水森も何か喋っているようだが、僕の頭は、それを言語として処理してくれなかった。意識がどこか遠くへ行こうとしているのを感じる。

なんてことはない。当たり前のことじゃないか。地下道は、八重垣の姫を逃がすためのものだったのだ。

「――くろ、き――くん？」

背負っていた咲良が微かに動いて、小さく声を発したことを認識したとき、
あまりの安堵と、あまりのおかしさに、脳が、ついて、いけず。

——ああ、よかった。

そのまま、意識を失った。

◆　◆　◆

——俺が村の秘密を知ったのは十歳になった日の夜だった。

ゆらゆらとゆらめく炎をじっと眺めていた。

アガシラの火を絶やしてはならない——そう父は言った。

囲炉裏を囲んだ向こうに、父がいる。

普段は陽気で気さくな人柄で知られる酒屋の店主である父が、真っ黒な羽織を纏《まと》ってゆっくりと語ったその内容は、にわかに受け入れがたいものであった。

串橋一族にだけ課せられた使命。即ち、来るべき時まで、八重垣の末娘を守ること——。

正直に言えば、あまりに浮世離れした話に戸惑いの方が大きかった気がする。しかし、どんな迷信めいた話であっても、父の顔を見て『真実』なんだということを悟った。

かつて、自分たちの祖先が命を賭して生かした血脈が、今も続いていること。その秘密を、守り続けること。

誰にも明かしてはならない秘密を、俺は抱えて生きていくことになった。

まだ、その本当の重さを知らないまま。


守るべき少女——八重垣咲良は、すくすくと美しく成長していった。

村に同世代の人間は少ない。それゆえに、咲良は俺によくなついてくれた。

父の言いつけを守ったわけではない。ただ、そこにたまたま咲良がいただけ。それだけだ。


『ミックンは、この村のこと、好き？』

畦道の途中。

咲良が小学校を卒業するとき、そんなことを聞いてきたことがあった。

——嫌いだね、こんなド田舎。

俺は吐き捨てるように答えた。

高校を卒業したら、東京の大学に行こう。ロックバンドのライブを見て、それなりの会社に就職して——

そう思ってはみるものの、すべてはからっぽであった。俺は心のどこかで、この村の因習から逃げ出したかっただけなのかもしれない。

『あたしはね、好きだよ』

好き、という言葉が自分に向けられたものではないことは分かっていた。それでも、心臓は一つ大きく波打った。

咲良の瞳を見る。手も、足も、首も、身動きが取れなくなるほどに、その視線に縛られていく。

――なんもないじゃねえか。

そうかろうじて返すと、咲良は何を言ってるのか分からないという風に首を大きく傾げた。

『ここには土も水も風も田畑も、生きるのに必要なすべてがあるよ』

――咲良は、お洒落な服を買ったり、スタバで難解な名前の飲み物を飲んだりしたくはないのか？

ウーン、と少女は考える仕草をする。

『でもそれって、この田んぼより大事かな』

高校を卒業する時、父は俺を地下の『祭壇』まで連れてきた。

村の地下にこんな場所があること自体が普通ではないが、どういうわけか、俺はその事実をすんなり受け入れた。

『よく聞くんだ、充』父は言う。『ここは、申橋の男が代々守ってきた場所だ』

自分の住んでいる村の地下にこんなものがあったなんて。

——どうして隠すのさ。

むしろ公開するべきじゃないか。自分たちの歴史を、隠されてきた秘密を。そうすれば、真に『正しい』のは俺たちだって、きっとみんなに知ってもらえる。

しかし父は静かに首を横に振った。

『王の首級は、とっくに失われている』

真っ黒な箱の中には。

真っ黒なしゃれこうべが収められていた。

夜のようだ、と、ぼんやり思った。

『これこそが、我が一族屈辱の証《あかし》なんだ』

——屈辱の証?

『敵方に奪われた首は、ついには戻らなかった』父は箱を丁寧に閉じる。『主《あるじ》を殺され、その首級を晒された俺たちのご先祖様の無念は、どれほどのものだったんだろうな』

その恨みを忘れないよう、申橋の一族は『これ』を作った。

――なあ父さん。
俺は再び尋ねる。
――どうして『これ』はここにあるの？
父は言う。
『忘れないように』
――過去ばかり見ちゃだめだよ、父さん。
父は首を振る。
『そして、返すためだよ、充』
返すため。
首を？　誰に？
『アガシラの血は、生きている』
充は幼き日に見た少年の姿を思い出す。
あの瞳。
ああ、あの少年が――
男の帰還を知った時、『運命』を感じずにはいられなかった。

その事実を耳にしたとき、俺は自分の耳の奥で脈打つ心音を聞いた気がした。
咲良が十八を迎えたその年に、まさか『その時』が訪れるなんて。
俺は心のどこかで、『来なければいい』と思っていたのかもしれない。
——いや、思っていたのだ。
この長閑な村で平穏に暮らす。田んぼと、空気と、見知った顔に囲まれて。
その平和を、警察官として守り抜く。
そんな日々を願っていた。望んでいた。
しかし、目の前に現れた『運命』は、俺の身体を強烈に縛り上げた。
『やるんだ』
昨年ガンで亡くなった父の声が聞こえる。
『お前が、やるんだ、充』
——でも、俺は、
『ヤエガキの血を引く巫女を、守るんだ』
咲良の顔が脳裏を過《よぎ》る。
——咲良を、守る。

そしてついに『その時』はやってきた。
あの日の少年の面影がその男に重なる。
あの日と同じ瞳。眼差し。
アガシラ王の――この地を統べる正統な王の、帰還だ。
――報われた。
これでもう、全部が終わる。
終わるよ、父さん。
隠されてきた村の秘密とともに、俺も消えよう。
全身を包み燃え盛る炎。
薄れ行く意識。
もはや感覚すらなくなった俺が最後に思い浮かべたもの。それはたったひとりの――

後日談

五月の八重垣家は田植えの準備に大忙しであった。

今年は桜の花が散るのが例年よりも早い、と咲良が教えてくれた。まだ梅雨すら訪れていないというのに、夏のような蒸し暑い日が続いている。

強めの日差しに辟易しつつ、僕は一人、緑色の畦道を歩いていた。

長閑な良い場所である。鼻がムズムズすることを除けば。

※

——僕はこの八か月間の出来事を思い出していた。

昨年九月の事件の後、地下で負った全身打撲と突然の発熱によって、僕は村から帰るに帰れなくなってしまった。

幸いなことに命は助かったが、四十度近い高熱が数日の間続き、意識があるのかないのかすらも判然としない状態が幾日も続いたと聞く。この時のことはまったく思い出せない。記憶もない。

ただひとつだけ覚えているのは、妙な夢を見ていた、ということだけだ。

夢の中で、一人の見知らぬ大男が、長く立派な大刀《たち》を持ってこちらを睨みつけている。僕は金縛りにあったように動けなくなるが、不思議と恐怖を感じない。男の横には猿の面を被った少年がいる。表情はうかがえないが、確かにじっとこちらを見つめていた。

大男が僕に言う。『お前は、どうする？』と。

僕は答えない。しかし、返すべき答えはもう決まっているような気もする。猿の面を被った少年は、こちらを指さす。少年は、何かを訴えかけようとしているようにも見えた。一体それが何なのか、僕には分からない。

そんな夢だった。

意識が戻ってからもしばらくは、八重垣家の一室を借りての療養を余儀なくされた。その間、小杉や咲良、ヨシエが甲斐甲斐しく看病してくれたので、一週間後には熱も下がり、自力で立てるくらいには回復した。

おびき川の水は、地下にあったすべてをどこかに流し去ってしまったらしい。申橋充の遺体は、ついに見つかることはなかった。

※

東京での仕事は、案外あっさりと休みを取ることに成功した。元々は四日間の休暇ですら迷惑なのでは、と考えていたが、僕がいるかいないかは、さして業務に影響はないらしい。有り難く長期休暇の申請を出すことにした。

が、問題は別のところにあった。

水森である。

隣町の病院に緊急搬送された水森だったが、彼の肩に受けた銃創は思ったよりも深く、意識を保っていられたこと自体が奇跡のような重傷だったのだ。

「まいったよ」見舞いに訪れた時、彼は開口一番そう言った。「どうやら俺の右腕はもう動かんらしい」

彼の右腕は、深刻な後遺症を抱えることになってしまった。

無理もない、至近距離で撃たれた上に、泥水に漬かってしまったのだから。

「――命が無事でよかったじゃない」

それは気休めであると自分でも分かっていた。ベッドに横になりながら、水森は諦めたように笑った。

言葉にはしなかったが、相当に悔しかったに違いない。

村はちょうど収穫の時期だった。右腕が使えない、ということはすなわち、農作業にも支障が出る、ということだ。

「不甲斐ねえなァ……」力の抜けた声だった。「これからだって時にさ。マジでないよな。せっかく、コレはって思えることに、米作りに出会えたっていうのに」

「水森君には水森君のできることがあるよ」

「——そう、かなあ」

「そうだよ。それに」僕は水森の目を見ながら言った。「僕も収穫を手伝うよ」

「都会暮らしのお前がか？」

「知ってる？　水森君。新潟は米の収穫量日本一なんだよ」

彼はじっと僕の目を見た。

水森は何かを言おうとしていた。それは分かった。しかし結局言葉にはしなかった。傷だらけの身体をベッドにしずめ、ゆっくりと息を吐いて言う。

「ありがとう、黒木、あとのことは任せたよ」

彼はそう言って僕の想いを受け取ってくれた。

きっと水森には水森の想いもあっただろう。しかし、それ以上を語らないことを彼は選んだ。

「――水森君」

「ん？」

「そういえば千絵さんからの伝言があるよ」

「――いやな予感しかしねえな」

「病院で、隠れて煙草を吸おうとするのはやめなさい、だって」

ゲェ、と、水森は愉快そうに笑った。久しぶりに見る親友の『笑顔』だ。

水森――いや、八重垣志紀は、きっと大丈夫だろう。腕の怪我も乗り越えてくれるに違いない。

※

それから僕は村に留まり、八重垣の田んぼの仕事を教わる日々を過ごした。

「黒木君、本当にセンスいいね」

そう言ってくれたのは咲良だった。

「センス」

「そうよ。農作業にもね、センスが要るの」

「センスのない人もいるんですか？」

「いっぱいいるよ。手塚君なんかは全くない。あれはダメだね。ナンセンス」

想像以上の酷評だ。筋骨隆々とした手塚の、うまく田植えができない様子を想像して、僕は少しだけ、おかしく思った。

「あ。笑った」

「え」

「黒木君、今、笑ったでしょ？」

咲良は嬉しそうだ。

どうだっただろう。僕は自分が笑ったとは思っていなかった。表情を変えたつもりは全くなかった。しかし、この黒い髪の少女にはそう見えたようだ。

僕は心の中を見透かされたような心持になった。

「助けてくれてありがとね」二人で畔道を歩いているとき、咲良は唐突に切り出した。「黒木君と志紀君が助けに来てくれて、本当に嬉しかったんだよ」

犯人——申橋充の犯行に気が付いた咲良は、案の定充に会うために彼を呼び出していた。自首を促すつもりだったという。

「あんな危ないこと、もう絶対にしないでください」

「アハハ！　だってさ、ミックンだから大丈夫だと思ったんだもん」

睡眠薬で眠らされた彼女は、気が付いたら僕の背中の上にいたのだという。

「意識はなかったけどね、声だけはね、ぼんやりとだけど聞こえた気がするんだ」

「声、ですか」

「うん、黒木君の声。『絶対離さない』って」

それは――ああ、うん、確かに言ったな。間違いなく言った。顔が熱くなっていく。おそらく、この時の僕の表情は見モノであっただろう。

咲良はころころと愉快そうに笑った。

※

冬になり、年が改まっても僕は村に留まり続けた。居を東京からこちらに移すことも、大学の学生課の職を辞めることにも、不思議なことにためらいはなかった。僕は、正式に八重垣の家の居候となった。

※

そのメールが届いたのは、四月の終わりのことだった。

差出人は意外な人物だった。簡素な文章で、僕に会って話がしたい旨が書かれていた。具体的にどのような用件なのかは分からない。最初は首を傾げたが、だからと言って断る理由もない。

安井章。口承文芸研究家の男である。

五月の田植えシーズン。その前であれば僕も時間が取れる。ゴールデンウィークの後半に約束を交わした僕は、その日、待ち合わせの場所に向かっていた。

どうやら僕が所属していた研究室の人間から、メールアドレスを聞き出したようだった。有り難くはない話だが、メールの末尾に記された言葉が、心をざわつかせた。

――『ヌカの秘密を、知っているか。』

どこかしら経由で文字おこしされた沼神文書を読んだのだろう。『沼神』ではなく『糠上』。その理由を、安井は知っているというのだろうか。

べったん湖は、綺麗に土砂を取り除き、かつてのありふれたため池の姿に戻っていた。その遊歩道を歩き、こしかけ山の参道入り口の鳥居をくぐる。こちら側の参道を歩くのは二回目である。

前に訪れたのは、初詣の時である。復旧工事の済んだ沼神神社は、ささやかながら屋台も出て、かつてないほどの賑わいを見せていた、らしい。咲良の言葉である。台風の被害、そして暗く恐ろしい殺人事件。大きな災厄を乗り越えた人々は、新年こそ良き年であれと願ったのであろう。

今日、小杉は医師としての仕事で八重垣の家にやってきているため、神社を留守にしているはずだ。本殿の脇に小さな社務所があったが、たまたま巫女も神職も出勤がない日なのだそうだ。

僕は本殿に向かう階段をゆっくりゆっくり登っていった。

本殿にたどり着くと、村に住む老夫婦と遭遇した。

「あら、黒木さんじゃない」

「こんにちは」

二人はニコニコと会釈をすると、僕と入れ違いに山を下っていった。

いつの間にか、僕はすっかり有名人になっていた。

東京からきて古文書を読み解き、咲良や志紀を救った英雄、と、そんな風な扱いを受けてしまった。事実は少し異なるが、水森曰く、「まあ、いいじゃねえか」だそうだ。

僕はゆっくり、しかし着実に、この村の人間になりつつある。そう感じていた。

拝殿で参拝を済ますと、僕はそのさらに奥、奥ノ院を目指した。

相変わらず不思議な感覚だ。空気がピンと張りつめ、同時に全身を覆う『なつかしい』感覚。

頂上に近づけば近づくほど、その感覚は鮮明になっていく。

僕が一歩を踏みしめるたびに、心の底にしまってあるあの日のことが鮮明によみがえってくる。

子供の頃のこと。

僕が十になる年のこと。

優しかった祖父の声。僕の名前を呼んでいた。

温かい祖父の手に引かれた僕は、家の近くの神社のお祭りに行けることを、純粋に喜んでいた。

立ち並ぶ屋台、賑やかな人の声、美味しそうな焼きそばの匂い――それだけでわくわくしていた。心が躍る心地がした。

僕は祖父に綿菓子をねだり、お目当ての綿菓子を買ってもらった僕は、普段よりもご機嫌だった。

祖父は言った。

――今から、お前に見せなくてはならないものがある。

――私も、お前の父も、皆、齢十《よわい》を越えた年の夏まつりに、それを受け継いだ。

――しかしそれは、お前の人生を変えてしまうものかもしれない。

――だからお前には、拒否する権利もある。

――どうする、鉄生、お前には、受け継ぐ覚悟はあるか。

僕はこう答えた。

――あるよ。

祖父は神社の境内のさらに裏手にある、小さな祠の前に僕を導いた。いつからそこに在るのかも分からないような古い祠だった。手前に置かれた牛乳瓶に、小さな花が活けてある。祖父は柏手を打ってしばらく何かを呟いていた。その時の僕には何を言っているのか分からなかったが、今思うと、それは祝詞《のりと》のようなものだったのかもしれない。ひとしきり唱え終えると、祖父は僕の手を取り、言った。

――鉄生よ、

――お前には、

「早かったな、黒木さん」

声がして、僕は見上げた。

石段を上がった向こう側、仁王立ちする中肉中背の男。

「お久しぶりです。安井さん」

安井はニヤリと笑った。蒸し暑い陽気にもかかわらず、例のカーキ色のジャケットを羽織ってポケットに手を突っ込んでいる。

笑顔ではある。しかし分厚いビン底眼鏡の向こうの目からは、何も読み取れない。

相変わらず不思議な、というよりつかみどころのない男である。

「ここに来るのは八か月ぶりだが、随分と変わったようだな」

「変わった？」

「景色も、空気も、黒木さんも」

僕は黙った。

何が言いたいのだろうか。

「回りくどい会話は嫌いだ。だから今から俺は一方的に話す。これは俺がフィールド・ワークと聞き込み調査から得た一つの『結論』だ。だが、真実がどうであれ、俺はこの村をどうこうするつもりはない」

「真実、ですか」

「そうだ。黒木さん、アンタがどうするかは、アンタ自身で決めろ」

「――分かりました」

奥ノ院の正面までたどり着くと、相変わらず威圧感のすごい黒い巨石が出迎えてくれた。

八か月前のあの日、咲良や充とやってきた秘密基地の入り口もある。

僕たちは立ち止まり、向かい合った。

「高地性集落を知っているか」

「高地性集落」

「軍事的防衛機能を持つ、高所に作られた集落のことだ」

安井は僕の目の前で落ち着きなく歩き回り始めた。

「本来は北部九州や畿内を結ぶ瀬戸内海沿いの地域に広く分布するものさ。ここを実際に見るまでは半信半疑だったが、平らに均《なら》され、植物の発育も明確に他とは違うこの場所に、集落がなかったと考える方がむしろ不自然だ。『こしかけ山』というこの丘は、見晴らしもよく、川向こうの集落もよく見える。まさに、天然の要塞と呼ぶにふさわしい。木々が少なく、平地になっているのも、ここに小規模な集落があった証だろう」

「なるほど」僕は頷いた。「ここがその、高地性集落の跡地だということですね」

「そしてここに住んでいたのが、ヌカガミの一族だ」

ふわっと、風が吹き抜けていった。

「ヌカガミの——一族」

「読ませてもらったよ、沼神文書」

僕が文字におこした文書データは小杉に渡してあるはずだ。その後、市の研究施設にデータを送ったと聞く。それを見て、彼も『沼神』は『糠上』から、いつの間にやら変化したものであることに気が付いたのか。

「ヌカガミがヌマカミにすり替わったことに気付いた俺は、この村の年寄り連中に直接聞いて回った。『糠上』という地名を知っていますか、ってな。そしたら驚くべきことが分かったよ」

「驚くべきこと？」

「ああ」安井はニヤリと微笑む。「知らねえんだよ。誰一人。地名の記憶や記録が、これほどまで綺麗に忘れられることなんてあるか？　ってくらいにない。普通、そんなことってないだろ。だからその時に気付いたんだよ。この村の人間は、ヌカガミを忘れたんじゃない。『なかったことにした』んだ、って」

「なかったことに、した」

「そうだ。ヌカガミという地名を、ありとあらゆる人間の記憶から抹消し、大人たちは子供たちへ何も伝えなかった。口を閉ざすことによって、秘密を闇に葬り去ろうとした。そういうことだ」

何も言えなかった。頭の中が真っ白になっていく。

――僕は、そのことを、既に知っていた。気付いていた。

かつてこの村の人々が必死に隠そうとしたその名前を。

安井は続ける。

「当時の村の人間たちが必死に隠そうとしたのが過去に繁栄を築いた高地性集落の存在だとすれば、あとは簡単だった。なあ黒木さん、遠野《とおの》は知ってるだろ」

僕は虚を衝かれた。

「『遠野物語』の遠野ですか」

「そう、その遠野だ」

岩手県南東部の内陸にある遠野市。直接訪ねたことはなかったが、『遠野物語』という書籍は手にしたことがあった。

遠野地方を舞台にした民話や伝承を蒐集し、柳田國男《やなぎたくにお》がまとめた一冊の本、それが『遠野物語』である。

「遠野には『糠森』という地名が残されている。そこにかつて建てられていた館跡には『火尻』という地名が現在にも伝わっている――火は重要なキーワードだな。『遠野物語』七六章には糠森の長者が黄金を埋めた伝説のほかに、『鉄を吹きたる滓《かす》あり』とはっきり記されている」

安井は僕の顔の正面で人差し指を立てた。僕は黙って聞いていた。

「日本の標準時子午線の通る兵庫県明石市にある幣塚《ぬさづか》古墳では金の鶏伝説が伝えられている。古墳の地下に、金の鶏が埋まっている、という伝説だ。——さて、『ヌサヅカ』という古墳は、地域の人間からは『ヌカヅカ』と呼ばれていたとされている。だからこれもヌカだな」

今度は中指も立ててピース・サインのようになった。呆気に取られている僕を尻目に、安井のマシンガン・トークは止まらない。

「ヌカ、という地名が残されている場所には、鉄、金に関係する伝承や言い伝え、痕跡がゴロゴロ転がってやがる。アイヌ語でヌカは『形があるもの』を示す言葉だが、溶かした砂鉄や砂金を成形していく過程をヌカと形容したのだとしたらどうだろう」

安井は三本目の指を立てた。

「——さっぱり分かりませんが」

答えつつ、背筋に冷たいものが伝うのを感じる。

「続けるぞ。——ヌカ、と言えば額田王《ぬかたのおおきみ》もヌカだな」

「額田王って、万葉集に登場する歌人ですよね」

「表記こそ違えど、これも立派な『ヌカ』だ。飛鳥時代に存在した天武天皇の妃だと言われている。この額田王という女性は、『日本書紀』に登場する鏡王《かがみのおおきみ》の娘とする説が有力だ。——当時の鏡といえば『銅』だな。この鏡王の出生地を出雲国意宇郡《いずものくにおうぐん》とする説がある。出雲と言えば、『諸々の郷より出す所の鐵《まがね》』と風土記にも記されているように、砂鉄の産地であり製鉄を盛んに営んでいた土地として有名だ。そのことと関連する話として——」

「あの。ちょっと、待ってください」さすがに辟易してしまった。「もう、もう十分分かりました。結論を、お願いします」

安井はジロリと僕をねめつけると、ようやくそのマシンガン・トークを止めてくれた。代わりに四本目の指を立てる。

「そうだな、もう既にハッキリしていることだ。このこしかけ山は、かつて、たたら製鉄が行われた場所だったんだ」

たたら製鉄——砂鉄や鉄鉱石を炉の中で低温還元し、純度の高い鉄を作り出す製鉄法である。

「この村でたたら製鉄が行われていたことは間違いない。確実だ。そしておそらく、その拠点はここ、つまりこしかけ山の山中にあった。ああ、だいだらぼっち伝承が残っていることもそれを裏付けているな」

「アガシラ様のことですか」

「だいだらぼっちは日本各地に伝承の残る巨大な妖怪のことで、呼び名は『たたら坊』の転《てん》訛《か》だ」安井は自信満々にそう述べた。「山形県羽黒山《はぐろさん》のだいだらぼっち――現地ではデエボウと呼ばれているが――こいつは一本足なんだそうだ。奈良県に出没した妖怪『一本だたら』は、一本足で、かつ一つ目で体が大きいとされている。たたら製鉄では足踏み式のフイゴで風を送っていたが、その様子から一本足となり、炎を扱い目をやられる従事者が多かったことから一つ目になった、と考えれば辻褄が合う。つまり――」

「アガシラ様も、鉄を作る大男だったたってことですか」

「イエス・ザッツ・ライト！」

安井は手のひらをパーにして開き、そのままストンとおろした。話を遮られたのが不愉快だったのか、口をへの字に曲げてむすっとした表情になる。

普通の人間ならば、訳の分からない地名だの妖怪だのの話に、ついていくことなどできないだろう。しかし僕は、安井という男について理解することができた。

この男は、本質的な部分で僕と同じなのだ。

「こしかけ山の山頂付近、この奥ノ院の鎮座する平地は、かつて製鉄を行う高地性集落が栄えた場所だった。集落の名は『ヌカガミ』。ヌカガミを統べていた人物はアガシラと呼ばれた大男で、その異様な外見の記憶から、人々は巨人伝承を生み出した。おまけに、沼神神社に祀られている御神体はなんだった？」

「――刀です」

「そう、つまり、鉄を叩いて『形成』された鉄刀だ。ここからも、アガシラ率いるヌカガミの一族は、高度な製鉄技術と加工技術を併せ持った職能集団だったことが分かるな。さあ、ここまでで何か反証は？」

「ないです」

安井は満足げだった。

「――ですが、何故、そんなすごい技術を持った一族なのに、誰も『彼ら』のことを知らないんでしょう。おかしくないですか」

疑問を口にしたものの、答えは分かり切っていた。

「消し去ったからだ」

「消し去った――」

「この地にあった別の勢力が、このヌカガミの地を攻め滅ぼしたんだ」

「どうしてそんなことが分かるんですか」

「白骨死体」安井はピシャリと言った。「相手の首を切り落とす、という行為は、争いのあった証拠じゃないか。かつてここで殺害されたヌカガミの支配者・それがアガシラであり、黒木さんが見た『首級』の正体だ」

僕は息を呑む。

この人は。

――この人は、全部分かっている。

「見たんだろ？　祭壇に祀られていたモノを」

「――はい」

「それはアガシラの首級だ。違うか？」

僕は首を横に振った。

「違いました」

「ほう」

「僕が見たのは」――夜の闇だ。「真っ黒なしゃれこうべでした」

一瞬、安井は分厚いレンズの向こうの眼を見開き、次の瞬間、堰を切ったように大声で笑い始めた。

「ワハハハハ！　なるほど、『代理品』か！　奪われた首級の代わりに、ヌカガミの技術をもって造られたレプリカ！　ブラック・スカルってわけか！　それは素晴らしい！　ワハハハハッ！」それはな、と安井は続ける。「酸化した鉄だ！」

僕が完全に観念したのはこの時だったのかもしれない。肩の力がゆっくりと抜けていくのを感じる。そうやら、この人には、何を隠そうとしても無駄なようだ。

「ヌカガミを滅ぼした集団は、この地域一帯を統べる大きな権力を手にした。その結果、近隣の有力者――おそらく、申橋、牛倉、葛城といった一族を勢力下に収めた。ひょっとしたら、こいつらも共犯だったのかもしれねえな」

「滅ぼしたのは――八重垣の一族ですね」

僕の脳裏に八重垣栄蔵の人の好さそうな顔が浮かぶ。

八重垣一族は、その忌まわしき過去を隠すために『ヌカ』の名を消し去ったのだ。

安井は自信ありげに口角を釣り上げた。

「ここからは、九十パーセントが推測だ。ちょっとした物語だと思って聞いてくれ。もっとも、事実であるという確信が俺にはあるんだが――」

静かに、僕はそれを受け入れた。

「ぜひ、お聞かせください」

※

――鉄生よ、お前には、王の血が流れている。

あの夏祭りの日。祖父が僕に伝えてくれたことを思い出していた。

それは、黒木家の祖先がたどった悲劇だった。

黒木一族がかつて本拠としていた地を、祖父は『ヌカガミ』と言った。

武力と鉄を統べる職能集団・ヌカガミ一族。農と祭祀を統べる巫女のヤエガキ一族。この二つの部族は協力関係にあり、古来より北の豊かな土地を治めていた。

統治王としてのヌカガミは、その権力の象徴として『ヒスイ』を用いた。現在の新潟県糸魚川市で採掘された巨大なヒスイの原石――それを傘下の一族に分配することにより、結束を強くしていく。

ヌカガミは、ヤエガキの娘を娶り、繁栄を築き上げていった。

ところが、約五百年前、悲劇が起こる。

ヌカガミの財に目が眩んだ他国の領主がいた。その人物は奸計を巡らせ――ヤエガキとヌカガミを分裂させることに成功する。すなわち、ヤエガキ、ウシクラといった部落の有力者たちに、ヌカガミの集落を襲わせたのだ。

多くの者が山を追われ、ヌカガミの地は炎に包まれた。

家々は焼かれ、首領だった一族の長の館も灰となって消えてしまった。

村の人間は、ヌカガミという一族を滅ぼしたことを後ろめたく思った。いつしか彼らは、この土地に君臨していた統治王の存在を、記録や記憶から抹消することを決断する。地名を変え、伝承を燃やし、誰しもにヌカガミのことを口にすることを禁じた。子孫に、村の秘密を口伝えで受け継いでいくことすらも禁じた。

――しかし、ヌカガミの長である統治王には、忘れ形見である男子がおった。

――それが、お前の、私たちの、ご先祖様だ。

その男子は、ただ一人、難を逃れて生き延びていた。

彼を救ったのは――サルハシと呼ばれる、ヤエガキの側近を務める一族の者たちであった。

サルハシは、地域一帯の道を知り尽くしていた。彼らの協力によって生き延びた男子は、黒木と名を変えヌカガミと関係の深い一族が住む越後《えちご》の国に逃げ込んだ。

いつか訪れる復讐の機会を――そして、奪われた自分たちの国を取り戻す機会を、一族の者たちは待ち続けている。何十年も、何百年も――。

――鉄生よ、いつかお前にも大人になるときがくる。

――その時は、お前が、この話を次の世代に語り継げ。

そして最後に祖父は、こう言った。

「憎しみからは何も生まれん。しかし、歴史をなかったことにしてはならん。復讐は何も生み出さない。そのことを、忘れるんじゃないぞ――」

これが、祖父から聞いた、黒木家の真実だった。

※

「俺には一つ、どうしても腑に落ちない部分があった」安井はそう言ってジャケットのポケットに手を突っ込み、僕の周囲をうろうろと歩き始めた。「中橋とかいう警官が、何故、あのロン毛だけを撃ったのか、だ」

ロン毛、というのは水森のことだろう。

「八か月前のあの日、アイツは黒木さんとロン毛とセーラー服を殺し、証拠を隠滅して、逃げおおせることもできたはずだった。しかし、そうはしなかった」

徐々に彼の口調に熱が籠っていく。

「他にもおかしな点がいくつもある。あの警官は、何故かロン毛の急所は外して撃っている。小杉とかいう医者に聞けば、至近距離で撃ちこまれたそうじゃないか。だとしたらますますおかしい。何故奴は、心臓や額を撃ち抜かなかったのか――バァン！」

安井は指でピストルの形を作り、僕に向けて撃つようなジェスチャーを見せて大声をあげた。が、もうちょっとやそっとのことじゃ僕は驚かない。

「咄嗟のことで、狙いを定めることができなかったのでは？」

あまりにもそっけない返答に、安井は少し不満げだ。

「拳銃に弾はまだ残っていたんじゃないか？　だとしたら、トドメを刺すことは容易かったはずだ。つまり答えは一つ――あの警官は、わざとお前らを生かしたんだ」

「わざと、生かした」

「その行動の謎を読み解くヒントが、この『沼神文書』だった」

安井は立ち止まり、ポケットの中に丸められてしまわれていた分厚い紙の束を取り出した。

「市の研究施設が保管していた文書のデータをプリント・アウトさせてもらった。アンタの仕事、かなり優秀だよ。素晴らしい功績だ。感服したぜ。あの癖のある古文書をよく短期間で仕上げたもんだ」

「ありがとうございます」

「褒めてねえよ、皮肉だ」にやりと笑う。「でもおかげで、確信を持てたことがある」

「どんな確信ですか」

「一つは、アンタがこの文書の内容を前から知っていた、という確信だ」

思わず天を仰ぐ。

——ああ、この人は、すごい。

安井は、僕とこの村にまつわる秘密——隠されてきた真実——に、すべて気付いているのだ。わずかな状況証拠と、わずかな事実と、あの古文書から、すべてを導き出してしまったのだ。

彼の言う通りだった。僕は、この文書に書かれていることを、ずっと昔から、子供のころから、知っていた。

祖父から伝え聞いていたこと、自分で調べ上げたこと、そのほとんどが文書には記されていたのだ。

だから僕には、短期間で文字におこすことができた。

実のことを言えば、最初は半信半疑であった。

しかし、文書を読み進めていくうちに、疑念は確信に変わっていった。

ここが僕らのご先祖様たちの故郷である、と。

「そしてもう一つ」

仰々しく安井は八重垣の家がある方向を指さした。

「もう一つ？」

「八重垣家は、末子《まつし》相続の家だという確信だ」

僕と安井の間に風が通り抜ける。

「——そこまでお分かりだったんですか」

僕は驚いた。この男、本当に、どうなっているんだ。まるでこの世のすべてを見通しているようだ。

末子相続。

それは、八重垣栄蔵が語らなかった、この村のもう一つの秘密だった。

安井は続ける。

「沼神神社の祭神はスサノヲノミコト。スサノヲは出雲系の神だろう。スサノヲノミコトは、アマテラスオオミカミ、ツクヨミノミコトと続く三柱の『末っ子』だった。出雲国の後継者であるオオクニヌシノミコトも、因幡《いなば》の白兎《しろうさぎ》伝承に『末子』であると思わせるような記述がある。大黒様として知られるオオクニヌシノミコトと婚姻関係にあったスセリビメノミコトもスサノヲの末子だ。古代出雲には末子相続——つまり、末っ子が最も大きな力を受け継ぐという風習があった」

またマシンガンのように喋り続ける。

「思えば理屈に合った風習だ。長子は独立し、分家を興す。もしも争いが起これば矢面に立っていかねばならないことが多く、当然、生存可能性も低くなるものだろう。その点、末子ならば長く生き残る可能性が高い」

「八重垣家も、そうだったということですか」

安井はパチン！　と指を鳴らした。

「沼神文書には、長子が家を継いだという記述が、驚くほどなかった。完全に、真っ白だ。敢えて記述されていないのかもしれない。だが、そんなことはどうでもいい。もしも、八重垣家が末子相続の因習を現代まで受け継いでいるとしたら——」

真の後継者は、千絵ではなく——咲良だ。

「それで俺はピンときたよ。あの警官は、ロン毛がこの土地を『相続』することが、許せなかったんだ、ってな」

安井は僕の目を見た。

僕も、彼の目から目を離さなかった。

「許せなかった、というのは少し違うかもしれないな。この地を治める権利は、はなから咲良とかいうあの女しか持っていない。それを捻じ曲げようとしているアイツらを、何とかして止めたかった。あの警官——申橋は、あの日、王の『帰還』を知った。アガシラの子孫、ヌカガミの統治王、その末裔である黒木さんが、この地に『戻って』きた。長い年月、人知れず守り続けてきたこの村に、生まれた時から待ち続けた本当の王の血を引く人物が戻ってきた。八重垣の末子が十八を迎えた年に。アイツはそう思ったんだ。村の——いや、この世界の秩序を守るために、アイツは——」

そこから先を、安井が語ることはなかった。

もう十分だ、とでもいうように僕から目を離し、巨石を見上げる。

僕は振り返る。

——俺はあなたがここに来るのをずっと待ってたんです。

申橋充の言葉。

あれはに、五百年という年月を越えて、犯した罪を悔い、かつての主の『首』のレプリカを守り続けた一族の重みが詰まっていた。

僕は気付いている。ずっと前から気付いていた。

もしもあの日、僕がこの地を訪れなければ——

村の未来を担った青年が、現代では決して理解されない、しかし、逃れることのできない凶行に走ることはなかったのではないか。

誰も命を落とすこともなかったのかもしれない。

考えても詮無いことだ。

これも運命、というのであれば、受け入れるしかないのだ。

奥ノ院の巨石を見上げる。この石は、すべてを見ていたのだろうか。

数百年。もしかしたら千年以上もの間、この地に鎮座してきたその黒き石は、日の光を反射して、少しだけ光っているように見えた。

※

「黒木さん」山を下りた後、安井は立ち去ろうとする僕に尋ねた。「アンタ、これからどうするんだ？」

僕は立ち止まる。

「――どういう意味ですか？」

「ロン毛の右肩、ひどいんだってな。もう家業は無理だろ。もちろん最先端のロボット技術や、ＩＣＴの技術を取り入れたなら、どうとでもなる時代だ。でもな、あの警官の望み通り、この土地を奪い返すときは今なんじゃねえか」

中橋の家が守り続けた、かつての支配者の『首』と八重垣の末子女系相続の系譜。

アガシラの血を引く者が、彼女と結ばれ、この地を相続することによって、中橋の悲願は達成される。僕はどうしたらいいんだろう。

僕は、どうしたいんだろう。

「最後は黒木さんの好きにすればいい。もとから俺には関係のないことだからな。自由にすればいい。アンタは」安井は言った。「法に触れるわけでもない」

僕の脳裏に咲良の顔が浮かんだ。

彼女は、今年十九になる。

あの日以来、事件のことを一切語ることはしなかった。事件後も変わらず、田舎が、この村が好きな少女のままだ。咲良は、本当のことを知っているのだろうか。

僕のことも、事件の「真相」のことも。

もしも、僕が背負ったリュックサックの中身を見たら、彼女は驚くだろうか。

祖父からもらった大事な形見の品。僕の祖先が遥か昔から守り続けてきたもの——王の証・ヒスイの原石を。

信じてくれるだろうか、僕や充が背負ってきた、五百年の因縁の歴史を。

分からない。僕には何も分からない。が、しかし、僕の思いはもう決まっている。

この村に留まり、咲良や、水森とともに、この豊かな土地を守っていく。

僕はこの場所を愛せるだろうか。

刹那、風が通り過ぎた。鼻が微かにムズムズする。

——きっと、愛していける。そう思う。

土も、川も、風も、田畑も、そして、黒く塗りつぶされた歴史すらも。

「安井さん」

結局僕は、こう答えた。

「僕はね、フルイモノが、好きなんですよ」

了

小寺無人（こでら・なきと）
埼玉県生まれ。東京都在住。クリームソーダと散歩、それに音楽が好き。
第2回黒猫ミステリー賞受賞作「Black Puzzle」を改題し『アガシラと黒塗りの村』として刊行。本書が初の著作となる。
@kodera_nobel_

アガシラと黒塗りの村

2024年9月13日　第一刷発行

著者　小寺無人
イラスト　染平かつ
ブックデザイン　bookwall
編集　福永恵子（産業編集センター）
発行　株式会社産業編集センター
〒112-0011東京都文京区千石4-39-17
印刷・製本　株式会社シナノパブリッシングプレス

ISBN978-4-86311-417-3 C0093

本書は第2回黒猫ミステリー賞受賞作「Black Puzzle」を大幅に加筆修正したものです。